我在等你，你在等雨停

Waiting For You

煙波 著

她一直在等，等他心裡的那場雨停歇，
這樣也許他就會回過頭，看她一眼。

第一章

「舒舒，球！」

傍晚的球場，還有不少學生在活動。

一道身影俐落地跳起來接住球，腳才落地，立刻又是一個跳投。

唰！

「贏啦！」

籃球落網的那一瞬間，場邊爆出歡呼。

「舒舒！」球場上的少女們團團圍住零秒出手的、名叫舒舒的女孩。

「啊哈哈。」舒舒走下場，拿起毛巾擦了擦臉，又喝了幾口水，笑著問：「阿拉，我打得不錯吧？」

阿拉的腳踝纏著繃帶，她的長相偏中性，又剪了一頭男生般的短髮，乍看眞分不出性別。她是籃球校隊隊長，前幾天練球時扭傷了腳，剛剛大家說想要打比賽，少一個人，正巧舒舒經過球場，阿拉就把她抓來湊數了。

「眞的不錯，臨時救場還打得這麼好，妳乾脆也來參加校隊吧？」

舒舒聞言，大笑著擺擺手，「妳眞不死心，我才不要練球，曬得太黑會白不回來。」

「好吧。」阿拉曉得舒舒看起來雖然好說話，其實挺固執的，便不再試圖說服她，

「不過妳這麼白，幹麼怕曬黑啊……」

「就是這麼白才怕曬黑啊，我要是曬得太黑，回去又要被我媽念了。」舒舒跳起來，理了理衣服，「我差不多要走了，肚子好餓。」

「好吧，那妳路上小心。」

舒舒笑著向一旁的人揮手，拿起書包背上，大聲地喊：「我走啦，你們繼續加油啊！」球場上的少女們紛紛開口跟她道別。

在從球場往校門口移動的路上，又有好幾個人和舒舒打招呼，舒舒笑嘻嘻地每個都揮了揮手。

「舒舒！舒春安！」

聽見有人喊她，舒春安停下腳步回頭，迎面而來的女孩氣喘吁吁的，「妳走得真快。」她笑，「我餓了嘛，趕快回家吃飯啊。」

「喏，妳的水壺。」女孩把一個破破舊舊的水壺遞給舒春安，「妳忘在球場邊了。」

「啊！謝謝妳！」舒春安感激地接過，「我很喜歡這個水壺，要是不見了，我一定會很傷心。」

「大家都知道妳念舊。」對方聳聳肩，又問：「不過這個水壺很重要嗎？是重要的人送妳的？」

舒春安愣了幾秒，搖搖頭，「沒有啊，單純是用得久了，所以有感情了。」

「哦……」

「妳幹麼一臉失落？」舒春安不解。

「我以爲有八卦之類的……畢竟妳長得也滿好看，說不定這個水壺背後有個浪漫的故事啊。」

舒春安大笑，忍不住拍了女孩的手臂，「妳也想太多了吧，哪有這麼多故事，就眞的只是用久了有感情而已。」

「我看這個水壺也沒什麼特別的啊……」女孩嘟囔。

「確實沒什麼特別。」舒春安同意地點點頭，「不過我就是用慣了，所以也不想換。」

她向來念舊，念舊到有點令人髮指的程度。

「好吧。」來來回回地套不出什麼話，女孩只得放棄，「那我回去了，妳回家小心。」

舒春安點點頭，「好，謝謝妳還特地幫我送來。」

「沒事，下次再一起打球。」

「沒問題！」舒春安又綻開笑容，「我走啦，肚子餓死了。」

「走吧走吧。」

舒春安走進車棚，牽出了自己的腳踏車，身手俐落地跨上，嘴裡輕輕地唱著歌：「以後別做朋友……朋友不能牽手……」

明明是一首略帶悲傷的情歌，卻硬是被她哼出一點愉快的氣氛。

下班時間車子不少，舒春安騎著腳踏車在車流裡穿梭，接著忽然一個急煞，雙腳撐在地上慢慢倒回去。

「太餓了……還是吃個包子吧……」

停好腳踏車，舒春安來到包子店，買了一顆筍乾肉包，然後拿著包子走到一旁的巷子裡，不在乎形象地大快朵頤起來。

舒春安有著漂亮的五官，但個性就像男孩子一樣爽朗，雖然成績不怎樣，大多時候都是從排名的後面數過來比較快找到她，可她人緣極好，就算數學老是只考三十分，數學老師也喜歡她。

她三兩下就把手上的包子吃完，還有些意猶未盡地盯著包子店。

要是再吃一顆……不不，再吃一顆就吃不下晚餐了，今晚有她喜歡的獅子頭，如果看著獅子頭卻吃不下，那太虧了！

默默掙扎了一番，在下了決定的同時，舒春安瞧見班上一個同學轉進了巷子裡。

咦？虞清懷？

她正想打招呼，對方卻筆直從她身旁走過。

呃，這樣的話，她還要去跟他打招呼嗎？

這個問題她也沒深思，人家要是裝作沒看到她，那她就算了，反正本來就沒什麼交情，不過是同班而已。

她正想走，卻見虞清懷蹲了下來，從書包裡掏出一個小袋子，將其中的東西倒在地上，也沒多停留，又起身走了。

舒春安一頭霧水地注視著他的背影，索性上前確認他究竟倒了什麼在地上。

不會是廚餘吧……

還沒走近，幾隻小貓便從一旁跑出來，她悄無聲息地靠過去，看著牠們專心地享用地上的一小撮飼料。

舒春安有點意外地望著虞清懷離開的方向。

沒想到平常看起來如此冷淡的人，也有這麼溫暖的一面呀？

她怕嚇到進食的小貓，輕手輕腳地離開了巷子。

直到吃完晚餐，坐在書桌前準備寫功課的時候，她滿腦子都還是虞清懷從書包裡掏出飼料倒在地上的樣子。

「那你們自己找小組成員，一組四到六個人，明天小老師把分組名單交給我。」在打鐘前幾秒，歷史老師這麼說，話剛剛說完，鐘聲就響了，「下課。」

教室裡頭立刻亂成一團，大家都在找喜歡的朋友組團。

舒春安人緣好，分組這種事對她來說不成問題，何況她本來就固定和某幾個交好的同學一組。只是……

她把目光投向虞清懷。

他正坐在位子上看書，彷彿分組這件事跟他無關。舒春安回想了一會，她之前沒注意過，但虞清懷好像沒有特別要好的同學，常常都是獨來獨往。

思及此，她嘴比腦子快地喊了出來：「虞清懷，你要不要跟我們一組？」

本來吵鬧的教室瞬間安靜了下來，所有人都看著舒春安跟虞清懷。

「虞清懷？那個怪胎？舒舒怎麼忽然要找他一組？」

「哇喔，虞清懷喔……」

阿拉瞥了舒春安一眼。

虞清懷慢慢闔上課本，站起身，轉向舒春安。

舒春安從來沒有這麼緊張過，感覺心臟都要跳到喉頭了。

虞清懷瞧著她，想了幾秒，「好。」

舒春安鬆了一大口氣，班上又漸漸騷動起來，討論的話題從分組變成了舒春安邀請虞清懷同一組。

也不知道虞清懷怎麼跟舒舒搭上線的，兩人平常明明看似沒有交集，難道有什麼八卦是他們不知道的嗎！眾人好奇地心想，而這個問題，阿拉也想知道。

於是阿拉走到舒春安旁邊的位子坐下，低聲問：「怎麼忽然找他？」

舒春安心裡還有點激動，表面上卻不動聲色，裝作尋常地說：「就覺得我們組裡要是有個學霸，那肯定是好事啊。」

莫名的，她不想把目睹的那個瞬間分享給別人。

就算說了，其他人或許也不會信，畢竟反差實在太大了，虞清懷平常在班上就像個沒有感情的NPC一樣。

阿拉有些狐疑，但這個說法也沒什麼破綻。

「可是妳之前從來沒找過他啊。」

「凡事總有第一次嘛。」舒春安笑嘻嘻地說，「不說這個了，我們去買飲料吧，我想喝奶茶。」

阿拉斜了她一眼，「妳怎麼不是吃就是喝？」

舒春安眨眨眼，無辜地說：「不然呢？妳不吃也不喝嗎？」

阿拉笑了聲，「拿妳沒辦法。」

「走啦走啦，不然又要上課了。」舒春安推著她，不經意地回頭望了虞清懷的位子一眼。

他已經不在座位上了。

他們都習慣了歷史老師喜歡搞分組這套，畢竟高一的時候就是這位老師。分組的用意只是討論一些課堂上的題目，偶爾會讓他們去圖書館找資料，其實沒有分組也沒差。

此刻，舒春安趴在圖書館的桌子上，看著面前堆得跟山一樣高的參考書籍。

「我說，我們爲什麼要這麼認眞啊……」舒春安低聲問。

虞清懷從書裡抬起頭瞥了她一眼，「要做報告啊。」

「不是隨便討論一下就好了嗎？就是個小題目而已……而且還不計入平時成績！」

在學校裡，分組通常是這樣的，成績好的跟成績好的在一起，像舒春安這種成績從後面數過來比較快的，一起玩的也都是這類人，所以他們從來沒認眞做過老師出的題目。

況且，歷史老師的本意也並非要他們寫一份小論文，不過是想刺激他們思考罷了，所以即使他們報告隨便寫，歷史老師也不會生氣，頂多分數低了點。只有成績好的人才會怕分數低，學渣拿三十分或是四十分，哪有什麼差別？

橙色的夕陽餘暉輕輕淺淺地斜照進圖書館裡。

才開學幾天，還沒人來圖書館念書，偌大的空間就舒春安跟虞清懷兩個人，所以她才敢開口跟虞清懷說話。

虞清懷放下書，正經八百看著她，「認眞做這種小題目對自己有幫助。」

「……喔。」舒春安癟嘴，「我都不知道找你同組是幫你，還是幫我自己了。」

「怎麼說？」

「感覺你一點都不需要我們啊。」舒春安還是懶洋洋地趴在桌上，「你根本不需要跟我們討論，自己就可以完成報告。」

「我以前都是自己完成的。」虞清懷淡淡地說。

舒春安沉默了一會。所以說，高一的時候沒人跟虞清懷同組？

也是，班上同學大多跟他不熟，倒也不是討厭他，就只是不會想和他來往。

「因爲你看起來很高冷，所以大家……」舒春安試著打圓場。

「無所謂，反正我一個人也能完成，沒什麼是一定要跟別人一起的。」虞清懷的視線又落回書上面。

嗚嗚，好可憐……

舒春安最受不了這種事，沒注意到就算了，但要是注意到了還置之不理，她幾個晚上都會睡不好。

「沒事，你現在有我……我是說我們了啊。」

說完這話，舒春安自己臉上微微發紅，覺得九月還是有點熱。

虞清懷瞄了她一眼，「妳是說，缺席討論的那幾個人嗎？」

舒春安一愣，尷尬地搵搵臉，「呃……阿拉是籃球校隊隊長，所以……放學後一定要去練習的，然後……」

「我知道，還有打工的，補習的，跟家裡有事的。」虞清懷波瀾不驚地接話。

啊哈哈……舒春安乾笑。

「那不還有我嗎？以前你一個人做，現在我們兩個人一起做，一定比較輕鬆。」

聞言，虞清懷沉默良久，才「嗯」了一聲當作回答。

當舒春安從睡夢中醒來的時候，全班的人都在看她。

「舒春安，睡得好嗎？」數學老師在講臺上似笑非笑地說。

全班哄堂大笑，舒春安下意識地用手抹抹嘴角，「還可以還可以。」

數學老師也被她剛睡醒的憨態逗笑，「沒有流口水，妳放心。」

「那就好。」舒春安扭了扭身體，「老師我不是故意的。」

「我知道，誰打瞌睡是故意的。」數學老師好脾氣地說，「不過我還是要殺雞儆猴，妳上來解這道題。」

數學老師拍拍黑板，舒春安一臉茫然地盯著黑板上的題目。

「老師，我不會。」舒春安十分坦然。

反正全班都曉得她成績不好，與其上去丟人現眼，不如現在就承認自己不會。

大概是剛開學，數學老師很有跟她閒聊的心情。

「我看妳睡得這麼熟，還以爲妳都會了呢。」

舒春安傻笑，不敢接話。

「妳找個會做的人上來替妳解題。」

「老師，你這不是存心害我嗎？」舒春安無奈地說，「我要是點了人，他也不會解怎麼辦？」

「那就是妳害他的啊。」數學老師笑咪咪的，「這樣妳才會記得以後上課不能睡覺。」

舒春安苦著臉，平常跟她相熟的同學都成績不好，就算上課沒睡覺也肯定不會解。要她點成績好的，那些人又和她沒什麼交情……

舒春安默默地把目光投向虞清懷，用嘴型說：拜託！

虞清懷嘆了口氣，低下頭，又嘆了口氣，才把手舉起來，聲音清澈地開口：「老師，我幫她解，可以嗎？」

「哇喔！」

「我就說，那天舒舒突然找虞清懷同組，肯定有鬼。」

「誰都不理的學霸竟然主動幫學渣解題！我不是看錯人了吧！」

「我總覺得這個劇情在哪裡看過啊！」

「虞清懷？」數學老師也有些詫異，「好啊，你來解。」

頂著大家的目光，虞清懷宛如英雄一般慢慢走上臺，迅速寫完了解法。

數學老師看了看，確定沒有問題，「不錯不錯，思路滿清楚的。」

虞清懷目不斜視地從臺上走下來，回到自己的座位。

「舒春安，妳居然能讓虞清懷幫妳解圍，不簡單啊。」數學老師擺擺手，「坐下吧。」

舒春安趕緊坐下。

聽見臺下還在吱吱喳喳地討論八卦，數學老師的視線在眾人之間掃了一圈，故作嚴肅地說：「還不快抄筆記？」

一群七嘴八舌的人連忙低頭抄筆記，不敢再繼續討論，舒春安也匆匆把虞清懷寫在黑板上的解題方法抄在課本的空白處。

抄完之後，她有些分神地瞧著自己的筆記，冷不防聽見數學老師說：「既然虞清懷這麼有義氣，那我就把舒春安交給你了。這學期，我希望舒春安的成績可以進步到班排十五名。」

舒春安愣愣抬起頭，看了滿臉笑意的數學老師一眼，又轉頭看了看跟她一樣呆愣的虞清懷。沒記錯的話，高一下學期，她的成績單上，數學的平均分數是四十三分……

「老師！我怎麼可能進步到班排十五！」她就算不清楚班排十五要考到多少分，也明白這不是她能做到的。

數學老師摸了摸下巴，「虞清懷這麼有義氣，一定可以教會妳的。」

舒春安背上冒出了冷汗，忽然想起那個待在圖書館做歷史報告的下午。

如果虞清懷連這麼不重要的東西都可以做得這麼認眞，那她豈不是……

舒春安又慢慢地轉頭去看虞清懷，見他一副從容就義的模樣，旁邊那些嘻笑聲她都聽不見了，這一瞬間，她覺得自己的小命要了結了。

等數學課結束，已經沒人討論虞清懷的英雄事蹟了。

「舒舒，我看妳完蛋了，那傢伙長年掛在校排第一名，一定做什麼事情都很認眞，絕對不會放過妳的。」

舒春安也這麼想。

「要不妳去報名補習班？雙管齊下說不定進步比較快？」

舒春安認眞地思考了會，搖搖頭。

「我覺得虞清懷……」

她話還沒說完，就聽見虞清懷在叫她的名字。

「舒春安。」

除了老師，班上所有同學都叫她舒舒，只有虞清懷總是連名帶姓地喊她。

她抬頭看他的方向，而他的視線也穿越了重重人群，望了過來。

「舒春安，妳有在聽課嗎？矩陣妳會嗎？」虞清懷咬著牙，用藍筆筆尖戳著紙上的題目，「這個就是最簡單的矩陣計算而已。」

「矩陣？」舒春安想了好一會，終於從記憶深處撈出這東西，「我記得，可是不會算。」

虞清懷抬頭看了看天花板上的日光燈，看來班排十五眞的是很困難的目標。

「那妳會什麼？」

「呃……打籃球？」

「我是說在數學這方面，妳會什麼？」虞清懷感覺自己都要崩潰了，「妳這種程度，爲什麼平均還能有四十三分？」

「那個……還有選擇題啊，我運氣一向不錯……」舒春安無辜地說，見他一臉鐵青，又道：「其實我覺得……也不用太認眞啦，數學老師就是想捉弄我而已，我怎麼可能進步到班排十五。」

「妳是這麼解讀這件事的？」虞清懷問。

「啊？什麼意思？」舒春安不明白他在說什麼，「什麼解讀不解讀的？」

「任何事情都有多種面向，就比如對於這件事，我的看法是妳是我的責任，但妳卻認爲數學老師只是想捉弄妳。」虞清懷深深吐了口氣，「這就是本質上的差異吧？」

「我雖然聽不懂你的意思，可是我怎麼覺得被嘲諷了？」

「不，我倒沒有這個意思。」虞清懷平靜地否認，「我就是有點……唉，我去買點吃的。」

「福利社都關了，你要去哪裡買吃的？」

虞清懷愣了下，還眞是，他都氣昏頭了，這時候福利社早就關了。

「不然我們今天先這樣吧？」舒春安小心翼翼地試探，「我也想回家吃飯了……」

虞清懷瞥了她一眼，「好。」

「耶。」舒春安歡呼一聲，立刻伸展了身體，「好累喔……都放學這麼久了，我還待在教室裡……我好可憐。」

「我才可憐吧？」虞清懷抬眼，「我可是負責教妳的那個人，教就算了，還得把妳教會。」

舒春安嘿嘿笑，「辛苦你了。」

虞清懷又瞥了她一眼，不再說話。

兩人收拾好書包之後，一同走出教室。

這時候教學樓裡已經沒有什麼人了，走過一間間空教室，他們轉進樓梯，慢步下樓。校園內很安靜，令他們的腳步聲顯得格外清晰，他的重點，她的輕點。

他們並肩走著，誰也沒開口說話。

「以後放學妳都留下來，我替妳補習。」

舒春安一聽這話，即使心裡不意外，但腳下卻一滑，險些從樓梯上摔下去。

「小心。」虞清懷伸手攬住了她的腰，把她摟進自己懷裡。

舒春安瞪大眼睛，連呼吸都忘了，不知該做什麼反應。

「嚇傻了？」虞清懷探問，「站穩了嗎？」

舒春安嚇得往後一跳。

「——啊！」

她怎麼就沒記住他們站在樓梯上呢！

完了，這高度摔下去搞不好要送急診了！說不定會腦震盪啊！

這瞬間，舒春安第一次感覺自己的思緒也能轉得這麼快，不到半秒鐘時間，她已經預測了自己的下場。

虞清懷本來就沒完全鬆手，見她整個人往後倒，他反射性手一拉，扯住了舒春安的手臂。男生的手勁不小，再加上舒春安自己的體重跟下墜的力道——

喀。

劇痛從手臂上傳來，炸得舒春安腦袋全麻。

痛！

她眼淚沒忍住，馬上淌流而下。

虞清懷把她拉進懷裡，連聲問：「還好嗎？」

「好痛！」舒春安腦子裡一片空白，下意識地問：「手……手是不是斷了？」

虞清懷倒抽一口氣，不敢太大幅度地挪動她。

他扶著她直接在樓梯上坐下，見她右手不自然地垂下，一時之間竟不曉得該怎麼辦。

「能走嗎？」虞清懷低聲問。

舒春安想了一會，涕泗橫流地點點頭。

「好，那我扶妳，無論如何，我們總得先離開這裡。」虞清懷很快冷靜下來，「我們去教官室，教官應該有辦法。」

「好。」

虞清懷把舒春安從階梯上扶起身，就這麼個簡單的動作，因爲震動到傷處，又痛得舒春安哭起來。他抿抿嘴，心知這樣下去不行，得盡快送到醫院，越晚治療越麻煩。

他皺著眉頭，看著哭個不停的舒春安。

「我抱妳。」

舒春安一愣，眼淚還掛在眼角，「怎麼抱？」

虞清懷將她的書包跟自己的交錯背在身上，抓起她沒事的那隻手，繞過自己的脖子，利用樓梯的高低差，一下就把舒春安公主抱了起來。

舒春安嚇得忘了哭，「不、不是，我很重。」

虞清懷大跨步下了樓梯，一到平地就步伐極快地往教官室走，「是不輕。」

舒春安一聽這話臉都紅了，「那你放我下來，我能自己走。」

「太慢了。」

「那我……又不輕……」

「妳知道腎上腺素分泌的時候，一個成年人都能拉動一臺汽車嗎？」虞清懷淡淡地說。

「你是說，你現在正在依靠腎上腺素？這是可以用意志力控制的嗎？」舒春安睜大眼睛，「我書讀得不好，你不要騙我。」

「我沒騙妳。」

「那你怎麼看起來這麼冷靜？」

「難道一定要驚慌失措才能表達緊張？」虞清懷腳下頓了頓，微微皺眉，深吸了一口氣之後才又邁開步伐。

舒春安瞧著他這神情，忽然感覺手都不痛了，只覺得羞愧。

「我平常是不是吃太多了？」

虞清懷沒接話。

「你還是放我下來好了……」

虞清懷仍是沒接話。

「不然你背我吧，背著應該比較輕鬆……」

「別說話，我就靠一口氣撐著。」

察覺舒春安正在往下滑，虞清懷不敢太大力，不過還是將她往上顛了顛。這一顛，又把舒春安的眼淚給顛出來，「嗚嗚嗚，好痛……」

「我知道。」

舒春安帶著哭腔，「你知道什麼？」

「知道妳再吵下去，我就沒力氣了。」虞清懷語帶警告。

「可是眞的很痛啊……」舒春安苦著臉，一邊掉眼淚一邊吸鼻子，「你說我的手是不是斷了？」

虞清懷本來不想理她，卻脫口而出：「我猜是脫臼。」

「是嗎？」舒春安深深吸了一口氣，沒再說話。

虞清懷抱著她很快抵達了教官室，教官一看舒春安的手就叫了救護車，而後才問起來龍去脈。

見虞清懷滿頭大汗，教官一副想笑的樣子，從旁邊的櫃子裡掏出一包貼布，「你這個大概要鐵手好幾天。」

虞清懷甩著自己的手，點點頭，「我想也是。」

舒春安一面痛得不行，眼淚止不住地掉，一面又對虞清懷感到很抱歉。

「虞清懷……」她拉拉他的衣襬。

「怎麼?」虞清懷回頭，發現她還在哭，於是從書包裡拿出面紙，壓在她臉上，不太自然地安慰:「等一下救護車就來了。」

話音才落，就聽見救護車的嗚笛聲，不一會，舒春安跟虞清懷還有教官一起上了救護車。

到了醫院進行檢查，舒春安的傷果然跟虞清懷猜想的一樣，只是肩膀脫臼，不過要好好休養，免得變成習慣性脫臼。

舒春安打量著自己吊著的手，還有些不習慣，忍不住動手摸了摸肩膀。

虞清懷一人背著兩個書包，教官站在一邊，「現在沒事了，你們怎麼回家?」

「我媽等等就來了。」舒春安說，方才在急診室的時候，教官已經聯絡了她媽媽。

教官點點頭，轉頭問:「那你呢?」

虞清懷想了想，「我陪她等一等，然後就搭公車回家。」

「好。那我們一起等吧。」

虞清懷退到後面去，放下了身上的兩個書包，看著舒春安的背影，鬆了一大口氣。

青春期的人不缺精力，就連受傷都好得快。舒春安吊著三角巾三週，就恢復得差不多了，除了肩膀偶爾還有些痠痛之外，基本上好全了。

只是虞清懷總還有點不放心，體育課的時候，目光經常都放在她身上。

舒春安悶了三週，終於可以拿下三角巾上場打球，她簡直樂瘋了，體育老師才剛帶完暖身操，她就衝到籃球場上，興高采烈地對阿拉揮手。

「阿拉，快來！單挑！」

阿拉慢吞吞地走過去，虞清懷站在一旁樹下，望著舒春安在球場上意氣風發的樣子。真孩子氣。

他向來不明白這有什麼好玩的，十個人搶一個球，搶贏了還沒獎金，不懂樂趣在哪。看了一會，他覺得沒什麼意思了，而舒春安要是沒發生意外，也不像是舊傷會復發的樣子，於是他便負著手走了。

虞清懷躲到沒人的陰影處，掏出手機玩。

「你說虞清懷跟舒春安是什麼關係？」

閒聊聲傳來，虞清懷放下手機往後瞧了一眼，那兩人沒注意到他，不過他認出了是班上的同學。

「沒什麼關係吧……」另一人答。

「他們天天放學都一起在教室裡念書耶，誰知道是約會還是什麼的？」

「不像吧，不就是數學老師要虞清懷教舒春安數學？又不能去圖書館。」

「可是我總覺得虞清懷喜歡舒春安。」提問的那人嘟囔。

「喜歡舒春安的人很多啊。」另一人低低地笑，「舒春安長得漂亮，個性也開朗，不像其他女生一樣那麼難懂，我也喜歡她。」

「這麼說是沒錯啦……」那人不死心，又道：「我就是認爲虞清懷和舒春安不配。」

「人家校排第一你敢嘴？」

「校排第一又怎樣，我又不是嘴他成績，我只是覺得舒春安應該配一個更好的人，虞清懷這麼陰沉，人緣又不好，要不是分組時舒春安主動邀他，他才沒有機會靠近舒春安……」

另一人大笑出聲，「我知道了，你喜歡舒春安吧？所以才嫉妒人家。」

「我、我才沒有！還不是你說誰都喜歡舒春安，我也只是好奇。」

兩人的聲音越來越遠，虞清懷獨自坐在陰暗處，低著頭，不知道在想些什麼。

體育課結束之前，虞清懷回到了球場邊，這時舒春安已經下場休息了。

他不想去找舒春安，大概是同學的那番閒話，讓他心裡多少有點不舒服，但遠遠看見舒春安不住地揉著肩膀，他就曉得肯定是打球活動得太過頭了。

傷筋動骨一百天，她只不過是看起來好了，其實還沒完全康復。

虞清懷別過頭，不想再關注舒春安，沒想到舒春安自己走了過來。

「你剛剛去了哪裡啊？我都沒看見你。」舒春安問。

「找我有事？」虞清懷不答反問。

「也沒有，就是關心一下。」

「喔。」

舒春安雖然不清楚發生了什麼事，不過仍直覺地感受到虞清懷的心情不太好，因此也沒多說話。幸好過沒多久，體育老師就吹哨要他們集合。

舒春安不安地注視著走在她前面的虞清懷，忍不住回想自己是不是哪裡做錯了，才讓他不高興。

體育課下課之後，緊接著是掃地工作，掃完再上一堂課就放學了。

放學後，舒春安坐在位子上，虞清懷檢視著她的考卷。

「下個星期就要段考了，妳怎麼連這個都還不會？」虞清懷口氣不佳，「我教的妳哪裡聽不懂？」

舒春安略顯愧疚，「我不知道，但我就是……」

「算了，今天就到這裡吧。」虞清懷起身，「反正妳也覺得數學老師只是在捉弄妳，就算考不好也無所謂。」

舒春安傻眼地看著虞清懷走回自己的座位，拿起書包眞的要走。

「虞清懷……」她連忙出聲喊，「等我一下。」

虞清懷瞥了她一眼。

不想等她，否則又要被人說配不上她。

但他的腳步卻停在門邊，背倚著牆。

其實也不是她的錯，她就是數學不好，才會被數學老師丟給他，怎麼可能在短時間內進步？可他就是滿肚子不爽，見到她又更不爽，才借題發揮。

他望著天邊的彩霞，滿心煩躁。

「我、我好了。」舒春安低聲說。

她的情緒向來外顯，不開心就哭、高興就笑，被虞清懷發了這麼一頓脾氣，瞬間就委靡不振了。見她這副模樣，虞清懷都覺得自己做錯了什麼。

他想說點什麼安慰她，話卻哽在了喉頭，能吐出來的只有「走吧」兩字。

「嗯。」舒春安低著頭，情緒低落。

氣氛低迷，兩人都有點不自在。

走了一段路，下樓梯的時候，虞清懷更不敢跟舒春安說話，怕她又不小心腳滑。

「舒舒……」

一旁有人喊她，虞清懷跟舒春安一起轉頭看去，是個女生。虞清懷本來想迴避一下，畢竟找的不是他，然而書包帶子卻被舒春安給揪住。

不管兩人剛才鬧了什麼矛盾，在這個關頭虞清懷也不想讓場面難堪，於是就靜靜地站在旁邊。

「我聽說妳受傷了，好點了嗎？」對方開口。

「好多了。」舒春安語氣平淡，像是一點情緒都沒有。

虞清懷十分意外，舒春安無論何時心情都很好的樣子，什麼時候也會有這種情緒了，這女生得罪過她？

「那就好……」

那女生似乎還想找話說，但舒春安一點機會也沒給她，冷聲道：「還有別的事情嗎？沒有的話，我們要走了。」

「喔、喔。」那女生尷尬地點點頭，目光掃過虞清懷，「再見。」

「嗯，再見。」

舒春安揪著虞清懷的書包帶子，頭也不回地往校門口走。

兩人走了一段路，虞清懷忍不住問：「她得罪過你？」

舒春安腳下滯了一滯，「算是吧。」

虞清懷有些訝異，他一直以爲憑舒春安這種個性，肯定不會有人討厭她，她也不會討厭任何人。

「發生什麼事？」要是別人，他根本不會問，可是以舒春安來說眞的太稀奇了。

「也沒什麼。」舒春安本來不想提，但想起自己的數學分數，自覺實在太對不起虞清懷，基於一種莫名的彌補心態，就又開口：「我跟她國中同班，那時候我們滿好的，後來她跟班上同學吵架，要我選邊站，我覺得沒意思，沒理她，結果她就跟我鬧翻了。」

「我看她現在是想跟妳和好的樣子。」

舒春安笑了下，「我媽從小就跟我說，這世上不會所有人都跟我想的一樣，所以我能做的就是把自己該做的做好，做不好的、辦不到的，就讓它過去。」

「有點道理。」虞清懷頓了頓，又問：「那這跟妳不想跟她和好有什麼關係？」

舒春安聳聳肩，又下意識地摸摸肩膀，虞清懷見狀，伸手拿起她的書包，背在自己肩上。

舒春安笑起來，「你不生我的氣啦？」

打從受傷之後，每天放學虞清懷都會主動幫她背書包，方才虞清懷轉頭就要走，她眞的嚇死了。

虞清懷別過臉，「妳還沒說有什麼關係。」

舒春安很高興，語調都輕鬆了起來，「當初她跟我鬧翻也沒問過我的意思啊，她想鬧就鬧，想和好就和好嗎？我又不想跟她和好，爲什麼她道歉我就要原諒她？我不管別人怎麼想、怎麼做，那別人也不能管我怎麼想、怎麼做，這樣才公平。」

「眞幼稚。」虞清懷想笑，又覺得這麼孩子氣的舒春安很可愛。

「這麼說起來，妳挺狠心的。」虞清懷有點意外，「我以爲大部分的女生都會捨不得過去的情誼，一邊哭哭啼啼的，一邊無法放手。」

舒春安斂容了一瞬，但很快又恢復笑容，「先不要那份情誼的人，不是我。」

聽她這麼說，虞清懷大感意外。

「她現在不是想跟妳和好了？」

「可是對我來說，那就不是一開始的感情了。」舒春安難得嚴肅，「我不喜歡這樣，明明心裡有疙瘩，還要裝作若無其事，而且結束了就結束了，我們已經不是當初的我們了，那也不可能回到過去了。」

虞清懷很少見到她這種神情，一瞬間心裡某個小小的角落竟微微發軟。他想知道當年和好友鬧翻的時候，舒春安是不是很難過？可是又不願繼續追問，讓舒春安去回想那件事。

「那妳……爲什麼不原諒她？」

舒春安詫異，「我沒有不原諒她啊，可是原諒她不代表一定要和好吧？」她做了幾個伸展的動作，「我媽說，原諒是放過自己、放下那件事情，承認當初自己可能有些地方也做得不好，未必都是對方的錯。」她一頓，嘻嘻笑，「可是，那個人砍了我一刀，我不砍回去就很好了，還不准我不跟她來往？」

虞清懷低低笑了幾聲，「這也是伯母說的？」

「沒有，這是我自己想的。」舒春安一臉得意，「我說的是不是很有道理？」

兩人一路閒聊著走到車棚。

大部分的學生都走得差不多了，舒春安輕輕鬆鬆地把腳踏車牽出來，虞清懷將她的書包放進車籃子裡。

「妳的書包眞輕，回家有在念書嗎？」虞清懷問。

「呃……」舒春安眼神飄移，「有、有吧？」

虞清懷挑眉，「那妳都念什麼？」

「我、我就把功課寫一寫？」

虞清懷面無表情，「妳成績這樣，父母都不罵妳？」

「我媽說，考卷上又不是寫她的名字，她才不管我。」舒春安說得眉飛色舞，感覺得出來跟父母的感情極好，虞清懷看著她，忽然有些羨慕。

他跟家裡的關係較爲冷漠，也算不上感情不好，但總有那麼點疏離。

「妳跟妳媽感情眞好。」

舒春安開心地點頭，「是不是，我最喜歡跟我媽逛街了。」

虞清懷想起不久前在醫院門口見過舒春安的母親，眉眼確實跟舒春安很相似，只是舒春安更加飛揚跳脫一些。

「那妳想過以後要做什麼嗎？」虞清懷脫口問道，見舒春安面露疑惑，他又補充，「我爸媽都說好好念書，以後才能找好工作，那妳家人是怎麼跟妳說的？」

「哦，我媽說，我只要不爲非作歹，就算是端盤子也很棒，能養活自己就好。」舒春安深以爲然，「我覺得也是啊，你別看我這樣，我其實是想過的，我上大學後可以先去餐廳或飲料店打工，以後再自己開一家。」

虞清懷定定瞧著她，瞧得舒春安都有點不好意思了。

「你幹麼這樣看我？」

「只是覺得原來妳的腦袋不完全是裝飾品。」

舒春安傻了幾秒，又笑起來，「本來就不是好嗎？」

虞清懷正想說話，舒春安忽然插口：「我們去看海吧？」

「現在？」虞清懷錯愕。

舒春安點頭，看了看時間，「啊……還是明天吧？現在去天色都要暗了。」

虞清懷似笑非笑，「妳是不是忘了下週要段考？」

舒春安睜大眼睛愣了一會，討好地問：「不然等考完試？考完試一起出去玩？」

虞清懷想了下，他從來沒有在考完試後跟同學一起出去玩的經驗。

他明白自己一向人緣不好，也不打算勉強自己跟那些人來往。

可是……舒春安？

他不得不承認，舒春安身上有種令人感到舒服的氣質，他喜歡跟舒春安相處，就算常常被她氣得有點神經衰弱。

「好。」

舒春安燦笑，「太好啦，這幾天都悶在教室念書，我好累喔。」

虞清懷被她逗笑了，「我倒是沒感覺出來妳哪裡累了。」

舒春安沒把這話放在心上，笑嘻嘻地擺擺手，跨上腳踏車，「那我們回家吧？」

「好。」

考完試的那天，天氣很好，不會太冷也不會太熱。

舒春安跟虞清懷一起吃了午餐後，搭上往海邊的公車。路途中，舒春安偷偷把公車的窗子推開了一道小縫，風從外面吹進來，拂動著她的髮絲。

學校和海邊有一點距離，坐公車的話又要更久，幸好舒春安跟虞清懷有許多話可以說，這段路程倒也不顯得遠。

舒春安很喜歡跟虞清懷說話，雖然十句裡面虞清懷可能只講個一兩句，甚至都是她一個人在叨叨絮絮，但每當她停下來，詢問虞清懷有什麼想法的時候，他都可以毫不遲疑地接口。

他只是看起來冷漠而已，其實她說的話，他都有在聽。

坐了一個多小時的公車，兩人到了海邊，海風迎面撲來，帶著海水特有的味道，舒春安一下子就綻開笑容。

「好久沒來了！」

舒春安朝海邊跑了一段，見虞清懷還慢慢地在後面走，又跑了回來，「你在等什麼？」

「海又不會跑掉，大可以慢慢走啊。」虞清懷不疾不徐，又道：「而且妳不覺得很熱嗎？」

「……確實有點熱。」

舒春安的頭上都冒出汗來，虞清懷從包包裡拿出一張面紙給她，「擦擦吧。」

「喔。」舒春安隨手在額頭上壓了兩下，想跑，但看著虞清懷的態度，又壓抑了想奔跑的衝動，乖乖地走在虞清懷身旁。

「你一向都是這麼的……」舒春安想了許久，勉強找到詞彙，「這麼的，自顧自嗎？」

虞清懷心情挺好，微微彎著嘴角，「妳乾脆說我孤僻好了？」

舒春安點頭，「我本來是想說你孤僻的，又感覺好像不到那個程度。」她想了想，「其實你也不是孤僻，是有自己的節奏吧，不太會跟別人一起的那種。」

「妳覺得不好？」

「不會啊，我覺得很好。」舒春安有些疑惑，「不過你這麼少年老成，日子是不是過得很無趣？」

虞清懷思考了下。

比起舒春安的肆意妄爲，他確實是有點無趣。如果不是舒春安的突發奇想，他現在應該早就回家吹冷氣打電動了，才不會來這裡看海。

但是他居然覺得能來看海眞不錯。

「還好吧，每個人有每個人的過法。」虞清懷嘴上卻還是這麼說。

「好吧，那我……」舒春安笑起來，每次她笑的時候，總是慢慢地咧開嘴角，連眼睛也笑彎了，舒展開的五官宛如一朵正在盛放的花。

「那妳怎樣？」

「那我要去玩啦。」舒春安往前跑，一面跑一面喊：「你這麼慢吞吞的，我等不了啦！」

她一邊跑，一邊把鞋子襪子都脫了，虞清懷走過去，剛好沿路替她把鞋襪都撿起來。

他挑了個高處把東西放好，才脫掉鞋襪、捲起褲管，去和舒春安會合。

就算他們節奏不一樣、生活的環境天差地遠，只要最後能站在一起，那也沒關係吧？

後來，兩人玩得渾身都濕透了，才上了岸坐在堤防邊，望著遠處的夕陽。虞清懷有備無患地帶了毛巾，遞了一條給舒春安。

「聽說這裡到了傍晚會有流氓出沒，找小情侶勒索保護費。」虞清懷擦著手腳。

「是喔，沒差啊，反正我們也不是。」舒春安順口回。

「怎麼不是？」虞清懷脫口而出。

舒春安眨了幾下眼睛，愣愣地瞧著他，想追問這句話是什麼意思，又有點難為情，偏偏虞清懷馬上沉默了。

所以，他們是嗎？

舒春安只覺有一股莫名的欣喜，在胸中蔓延。

想當然，舒春安的數學成績並不會因為有校排第一的虞清懷加持，就進步到班排十五名，高二上學期沒有達成這個目標，高二下學期也沒有。

不過舒春安也不是完全沒進步，至少每天跟虞清懷一起念書，不僅僅是數學，其他科目的成績也都有起色，她擺脫了倒數五名，甚至也慢慢離開了倒數十名的範圍。

這算是意外的收穫，不過樂觀如舒春安，這輩子從不曾爲成績苦惱過，倒數五名跟倒數十名對她而言根本沒差。

她也很少爲了什麼事煩惱，但目前卻有一件棘手的事讓她進退兩難。

高二下學期的期末考之後，舒春安跟虞清懷相約去看電影，結果在電影院巧遇了阿拉，於是三個人乾脆一起看了電影。

看完電影，虞清懷說有事就先走了，舒春安跟阿拉繼續逛著，逛得累了，便在地下街找了個位子坐。

這時候阿拉才問：「虞清懷剛剛是生氣了嗎？」

舒春安一頭霧水，「沒有啊，生什麼氣？」

「那他幹麼先走？」阿拉頓了一頓，像是明白了什麼，又問：「你們該不會在交往吧？」

舒春安偏著頭，略顯困惑，「我們沒有交往，但……我好像有點喜歡他。」

說著這話的時候，她恍若聞到了那天下午的海風味道。

阿拉露出了一種有些意外又不太意外的表情。

「你們每天形影不離的，我就說肯定有鬼。」阿拉停了幾秒，恍然大悟，「所以我壞了妳的好事？」

舒春安哈哈大笑，「被妳說得好猥瑣，並沒有好嗎？本來我們也只約了看電影而已，看完他就走了。」

「妳可眞是少根筋。」阿拉嘟囔，「如果沒遇到我，搞不好現在就是他跟妳一起逛街了啊。」

舒春安點點頭，「有可能，但不就是碰巧嗎？那也沒辦法。」

阿拉幾不可聞地嘆了口氣，決定不在這件事情上糾纏不休，於是直截了當地問：「所以妳爲什麼喜歡他？」

舒春安想了一會，「不知道耶，可能因爲他讀書的樣子很帥？」她很喜歡虞清懷安靜不說話的模樣，彷彿不管發生什麼事，他都有辦法搞定。

阿拉無言片刻，「妳好膚淺。」

「我本來就是一個膚淺的人。」舒春安理直氣壯，「我就喜歡漂亮的東西，生而爲人，喜歡漂亮的東西有什麼不對？」

阿拉被她的態度逗笑，「好好好，可以可以，那妳現在想怎麼辦？」

舒春安眨了幾下眼睛，不太明白她的意思，「什麼怎麼辦？」

「妳喜歡他啊，他知道嗎？」

舒春安皺起眉頭，「嗯……我不確定他知不知道。」

「那他喜歡妳嗎？」

「我、我怎麼知道……應該，至少不討厭吧？」坦率如舒春安，面對這個問題還是有點害羞。

「哦，那妳要告白嗎？」

舒春安睜大眼睛，「我？告白？」

「對啊，妳喜歡他不讓他知道？」阿拉頓了頓，「說不定他也喜歡妳呢？不然他幹麼跟妳一起看電影？」

「不是我們剛好都想看這部電影，所以才一起來嗎？」舒春安被說得越發糊塗，「可是……我還沒想好要怎麼跟他說。」

「這我就幫不上忙了，畢竟我也沒喜歡的人。」

跟阿拉越聊越茫然，舒春安帶著一肚子的困惑回家，草草吃完了晚餐後，躺在床上盯著天花板發呆。

阿拉說的好像沒錯，可是她不曉得該怎麼做。

她思索了好半晌，最終決定快刀斬亂麻，反正她本來就不擅長思考這麼複雜的問題。

有了決定之後，舒春安從床上跳起來，拿了衣服，一邊哼著歌，一邊走進浴室裡洗澡。

隔天是學期的最後一天，這天除了發考卷之外，剩下的就是打掃環境、把教室清空，接下來，他們就要升高三了。

舒春安找了一個空檔，拉著虞清懷到了校園的角落。

她四下張望，確認附近沒其他人。

虞清懷靠在樹幹上，似笑非笑地看著她忙碌，「妳又在搞什麼鬼？」

「我有事要跟你說。」舒春安頭也沒回。

「要說什麼？」虞清懷挑眉，「妳不會要跟我說，這次的數學考卷最後的計算題妳不會寫吧？」

舒春安一愣，有些尷尬。她摳摳臉，嚥了口口水，「是……不太會……」

經過這一年的折磨，虞清懷如今也算明白了舒春安，只是仍難免來氣，「考前複習的時候，我不是千叮嚀萬囑咐這題一定會考嗎？」

舒春安嘟起嘴，「今天不是說這種事情的時候。」

虞清懷壓下想揍人的衝動，問：「那今天適合說什麼事情？」

天氣很好……不，是有點熱了，不過一下子，舒春安已經滿身是汗，南部的夏天就是這麼可怕。

她望了望天空，今天的天很藍，雲很白。

「說啊。」虞清懷瞇起眼，低聲警告，「妳不說我要回教室了。」

「我喜歡你。」舒春安慢慢地把視線停在他臉上，珍而重之地又說了一次，「我喜歡你。」

虞清懷錯愕地瞧著她，張口欲言，卻一時語塞。接著，他忽然想起一年前那些人說的話。

他配不上舒春安。

哼，現在是舒春安喜歡他，誰還敢說他配不上她？

見虞清懷沉默，舒春安緊張地舔了舔嘴唇，「就、就這樣，我只是想告訴你而已。」

舒春安轉身想跑，卻被虞清懷攫住手腕。她踉蹌了一步，因為反作用力，不小心撞進了虞清懷懷裡。

她能聞到他身上淡淡的熊寶貝香氣，他的體溫隔著制服傳到她身上來。

「跑什麼？」不過一會的時間，虞清懷便整理好思緒，好整以暇地看著舒春安。

說也奇怪，把話講出口之後，好像什麼都變了，舒春安以前看虞清懷只覺心中一片坦然，現在卻有點……她不曉得該怎麼說，心虛嗎？

她偷覷著他，卻正好跟他的視線碰在一起。

這一刻，她的心臟劇烈地跳了起來，這才意識到自己還靠在對方懷裡，連忙退了一步。

她抿了抿唇，「那……」她應該要說點什麼才對？

「妳說妳喜歡我？」

「對、對啊。」

「可是我現在不想交女朋友。」

「我也、我也不是那個意思。」

「那妳是什麼意思？」虞清懷追問，「難道妳只是單純地想跟我說，對我並沒有任何期待？」

見舒春安臉頰緋紅一片，虞清懷忍不住抬手用指腹摸了摸。

從沒見過她露出這樣的神情，不管什麼時候舒春安都是開朗爽快的，唯有這時候才露出含羞帶怯的模樣，只因爲他。

這讓他心中有了莫大的滿足感。

「你、幹麼、摸我？」舒春安問得輕輕軟軟的，一點魄力都沒有。

「沒幹麼。」虞清懷沒鬆開另一隻手，依舊緊緊握著舒春安的手腕。

「那你放開我……」

「我只是想跟妳說，我們要升高三了，得全心準備考大學，我現在不想交女朋友，上大學之後也不想跟女朋友遠距離，所以……」

虞清懷把話掐斷在這裡，惹得舒春安追問。

「所以什——」

虞清懷輕輕地在舒春安唇上落下一吻。

「所以，妳要跟我考上同間大學，這樣我們才有在一起的可能。」

他這麼說的時候，氣息噴在舒春安的唇上。

舒春安傻傻地眨眼。

這到底是喜歡，還是不喜歡她？

九月。

在舒春安的記憶裡，開學的那天，天氣總是特別好。

天高雲闊的，雖然還有點熱，不過充滿期待。

她上個星期就搬進宿舍了。

舒春安念的大學跟老家不在同一個城市，所以她決定住進學校宿舍。她跟家裡討論過，先住一年，如果二年級沒抽到宿舍，或是住得不舒服，那再到外面租屋。

搬家那天，她的家人全都來幫她把行李搬進房裡，而舒春安的母親——陳女士——還給了她一套保養品，千叮嚀萬囑咐她一定要記得抹。

舒春安的眉眼跟陳女士頗爲相似，可以說她的美貌大多是遺傳自母親，然而陳女士屬於非常關注自己外貌的，舒春安卻有點不放在心上。

所以陳女士對此特別操心，照她的說法就是：妳都不聰明了，要是還不漂亮，那可怎麼辦？

幸好經過陳女士過去十八年的努力，讓舒春安今天就算睡到快遲到了，也還記得出門前要抹保養品跟防曬。

她拎著包包衝出宿舍，好在她機靈，前幾天沒事的時候便去找過在哪間教室上課了。

到了教室，裡面已經坐了不少人，不過挺安靜的，大家不是低頭滑手機，就是趴著睡覺。大概是開學第一天，彼此之間都顯得生疏。

舒春安晚到，僅剩下靠前的位子可以坐，她只得選了第一排靠窗的座位。才剛坐下，教授就進來了。

新生的第一堂課，教授把更多時間放在他們大學四年該做點什麼才不會浪費時間，分享了學校有什麼資源、大家可以修什麼學程，畢竟這個時代更需要的是通才，諸如此類的。

舒春安忍著睏意，好不容易熬到下課，她只覺得大學教授上課眞是隨便，竟然就這樣跟他們侃了整整兩堂課，一定是沒有進度壓力。

她伸了個懶腰，不小心碰到了坐在她身後的男生。

「小心。」那個男生輕輕撥開了她的手。

舒春安回頭看，「對不起。」

「沒事。」他微微一笑，「妳好，我是許景宸。」

他朝她伸出手，舒春安連忙握了下，「我是舒春安，你可以叫我舒舒。」

「舒春安。」許景宸複述了她的名字，又淺淺地笑。

他的長相溫文，嗓音也和緩，整個人透著一股暖洋洋的春意。舒春安一時之間有點看傻了，她從沒遇過這樣的人。

她恍神了會，想起的卻是虞清懷偏冷的面容。即使是關心，虞清懷也不會直接說出來，有點彆扭，不像眼前這個人，一派朗朗清明的模樣。

「舒舒？」許景宸困惑地喊了她一聲，「我下堂課是通識，妳也是嗎？」

「哦，對對，我的是美學導讀。」

「我們都是吧。」許景宸唇邊帶著一點笑意，「大一的話，好像是系統直接替我們選，之後才會開放讓我們隨便選。」

「那還等什麼？走吧！」舒春安笑，她喜歡跟這個人說話，「既然大家都一樣，那你剛剛幹麼問我？」

許景宸很無辜，「也是可以退選的啊。」

「眞的？你怎麼這麼懂？」

「新生手冊裡有提到。」許景宸低低地笑，「妳是不是沒看？」

舒春安想了想，終於從腦海裡撈出那本跟一大堆資料一起寄來家裡的冊子。

她坦率地頷首，「我沒看。」

許景宸毫不意外，「沒差，裡面也沒什麼重要的東西。」

進了通識課的大教室，他們找了個角落的位子坐下，才剛落坐，舒春安的肚子就叫了，而且叫得很大聲。

許景宸詫異，「妳餓了？」

舒春安赧然，點點頭，「早上睡過頭了，來不及吃。」

許景宸「哦」了聲，從包包裡掏出一個麵包，「要嗎？」

舒春安雙眼發亮，興奮地問：「你怎麼有麵包？」

「我的早餐。」

舒春安立刻縮回手，「那不好意思吧，你也要吃啊。」

許景宸撕開包裝，掰了一半給她，「這樣就沒問題啦。」

「好耶。」舒春安歡呼，毫不客氣地接過麵包，一邊吃，一邊含糊不清地說：「中午我請你喝飲料。」

「好啊。」

下課後，兩人一起去學生餐廳吃飯，舒春安言出必行地請了許景宸喝飲料，吃完飯，他們便拎著飲料一起走出學校。

「下午沒課了，你有什麼計畫？」

「去打工，在飲料店。」許景宸答，「那妳呢？」

「我想去找我的高中同學。」舒春安嘻嘻一笑，「他在另一間學校。」

「男朋友？」

「不是。」

說到這個舒春安就心酸。她都已經拚得要死了，可以她跟虞清懷的實力差距，她怎麼可能跟虞清懷考上同一間大學？這一年來，每當她讀書讀到想吐的時候，都不免覺得虞清懷是在整她。

不然幹麼這樣折磨她？

她努力了一年，還是沒能考上跟他一樣的大學，只是在同個縣市而已。

「對了，我們加個LINE吧？這樣以後有什麼事情也好聯絡。」許景宸提議。

「好啊。」舒春安掏出手機，「我正想這麼說，以後我們互相提醒。」

「提醒什麼？」許景宸暗暗覺得好笑，舒春安實在有點傻，又有點可愛。

「什麼都可以互相提醒啊！」舒春安理直氣壯，「以後總要做報告吧？還有考試範圍之類的，要是你想蹺課，我也可以幫你。」

「幫我什麼？點名嗎？不太可能吧。」

「幫你請假？」舒春安不太確定這招有沒有辦法唬弄大學教授。

許景宸爽朗地笑起來，「好啊，那要是妳想蹺課，我也能幫妳請假。」

「就這麼說定了。」

話到這裡，公車正好來了，兩人搭不同路公車，於是許景宸先上了車，留下舒春安一人繼續在公車站等。

她拿出手機滑著IG，發現幾個小時前虞清懷上傳了一張照片，是他的學校的景色。照片沒有配上文字，充滿著令人好奇的空白。

舒春安看著那張照片，想知道虞清懷是抱著什麼心情拍下的，她還想知道，雖然他們不在同個學校，但是在同個城市，這樣對他來說算不算遠距離？

從她的學校到他的學校，搭捷運加上轉公車要一個小時，可是如果她勤快一點，常常去找他，這樣是不是他就不會感覺寂寞？

這樣他……會想跟她在一起嗎？

她以前什麼都不懂，只單純地以為把自己的心意告訴虞清懷就好，如今才明白，人總是這樣的，有了一點點就想要更多。

舒春安下意識摸了摸自己的唇，從那之後，虞清懷沒再吻過她，彷彿那個吻只是她自己的幻想。

她嘆了一口氣，整個高三都在忙讀書，也沒有多餘的心思想這些，現在時間多了，就開始胡思亂想起來。

好想見虞清懷……

舒春安望了一眼遠處，等待的公車一點要出現的跡象都沒有。思考了幾秒，她突然從椅子上跳起來，往捷運站跑。

她現在就想見到虞清懷，一秒都不想等。

衝進捷運站，她跳上捷運，看著窗外街景。

不知道等一下虞清懷見到她會不會很意外？會不會高興？會不會跟她想見他一樣地想她？

如果他有課，那她就跟他一起上吧，反正她付出多一點沒關係，如果這樣可以讓虞清懷感覺跟她在一起很輕鬆，說不定他們就能在一起了。

舒春安垂眸微笑。一切都會沒問題的。

她不是第一次來到虞清懷的學校。

上週末兩人搬進各自的宿舍時，還一起吃了飯，公館這裡就是熱鬧，什麼都有，不像她的學校，走出去就一條路有人煙而已。

她站在捷運站出口，傳了LINE給虞清懷，問他有沒有空。

過了一會，虞清懷才回：

虞清懷：剛剛下課

舒舒舒春安：那，你要跟我一起吃晚餐嗎？

她又等了一會，見虞清懷回覆：

虞清懷：我要回宿舍放書，妳先在附近找個地方休息一下？

舒舒舒春安：我可以進你宿舍看看嗎？

虞清懷：……不確定。

舒舒舒春安：我去看看，要是不能進去，我就……在樓下等你？

虞清懷：好吧，那我去捷運站接妳

舒春安滿足地放下手機，靠在一旁的牆上等著。

她一直以為自己不太喜歡等待，現在卻發現這種感覺好像也不差，再等一會就能看見虞清懷了。上大學什麼都好，就是沒辦法天天和虞清懷見面，要見他一面，得付出比以前還要多的努力。

不過無所謂，她願意。

就這麼一點路，她沒問題。

只是……舒春安連忙從包包裡掏出隨身鏡照了一下，還好還好，雖然頭髮有點亂，但不算太誇張。

她用手把自己的髮絲順妥，才剛收起鏡子，遠遠地就瞧見虞清懷走了過來，意外的是，他身旁還跟著一個男生。

上了大學虞清懷都能交到朋友了？這也太神奇了吧？

舒春安跑上前，還沒開口，站在虞清懷身旁的男生就發話：「妳一定是舒春安。」

她眨眨眼，又聽見虞清懷面無表情地說：「我室友，大砲。」

「大砲你好。」舒春安伸出手，「我是舒舒。」

「妳好妳好。」大砲長得十分粗獷，外表有點老，要是不說，舒春安都以為他已經二十五、六歲了。

「走吧，妳不是要去看看我們宿舍？我跟妳說，現在女生也能進去了，只是晚上九點之前要離開。反正妳也沒打算在這裡過夜吧，那就無所謂了。」

舒春安疑惑地瞥了虞清懷一眼，那一眼像是在說：這人怎麼比我還要自來熟？

虞清懷聳聳肩，沒表示什麼。

三人並肩前往宿舍，路途上，舒春安又聽大砲說：「我第一眼看到虞清懷的時候，就在想他是哪裡來的高冷帥哥啊，結果還沒跟他聊天，他就自顧自地上床睡了，一點都不想跟我們聊。」大砲滔滔不絕，「今天一上課，我發現我們同班，我立刻就跑去跟他坐在一起。根據我的理解，這種莫名跩的傢伙要麼是天才，不用讀書就考第一名，要麼是地才，熬夜讀書考了第一名，總而言之跟著他就對了！」

舒春安聽了笑個不停。

那虞清懷是天才還是地才？他雖然沒有不用讀書就考第一，但也沒有熬夜念書吧？

舒春安轉頭看了虞清懷一眼，不期然地與他的視線碰在一起。

他的眼神有些柔和，不知是不是上了大學沒這麼大的壓力了，他看她的目光也跟高中時不同了。

舒春安伸手偷偷拉著虞清懷的衣角，虞清懷朝她挑眉，像是在問她怎麼了。

舒春安笑了笑，搖搖頭，鬆開了手，手卻被他握了一下。雖然他很快就放開了，但那下力道略重，舒春安能感受到他的情意。

原來不只有她，他也期待見到她。

那就好，她不怕辛苦，也不怕浪費時間，只要他也想見她就好。

有句話是怎麼說的？

唯有你想見我的時候，我們見面才有意義。

到了男宿裡晃了一圈，舒春安不覺得有什麼特別的，跟她住的女宿差不多，唯一的差異就是成員性別而已。

「看了一圈，高興了吧？」虞清懷無奈，「宿舍哪有什麼好看的？」

「我好奇嘛。」舒春安輕笑。

虞清懷收好課本，「走吧。」

「你們要去哪裡？」大砲問，又連忙高舉雙手，「你們放心，我就是問問，不會跟的。」

見虞清懷沒打算回話，舒春安便道：「沒有計畫，可能先去附近逛逛，然後吃晚餐吧？」

「那我推薦你們一家餐廳，就在附近的巷子裡，旁邊是飾品店，那家小餐廳的東西滿好吃的。」大砲掏出手機，搜尋了地圖之後，遞給舒春安看，「就是這家。」

舒春安才剛搬到這個城市，連自己學校周邊有什麼吃的都還沒搞清楚了，當然更搞不清楚這一帶的巷子哪裡是哪裡。

她求救地朝虞清懷投去目光，虞清懷接過手機看了下，「大概知道在哪了。」

「舒舒，我們加個LINE吧。」大砲又說，「這樣以後我還能幫妳監視虞清懷喔！」

虞清懷沒好氣地反駁：「不必，監視我幹麼？」

「你怎麼這樣啊，當人家男朋友要有點自覺，要讓女朋友安心，這樣才稱職！」

舒春安睜大眼睛，等著虞清懷的下文。雖然他們誰也沒說過要交往，可是……舒春安滿懷期待。

虞清懷哼了聲，推著舒春安就離開了宿舍。

舒春安一愣。所以這是什麼意思？

有些事情一旦錯過了追問的時機，之後就怎麼樣也問不出口了。比如買牛肉麵老闆問要不要加辣的時候，要是錯過了，就不好意思再跟老闆說要大辣。

那年考完試去海邊的時候，如果她當下有把「所以你的意思是，我們在交往嗎？」問出口，或者那年她告白的時候，在那個吻之後她能揪住虞清懷的衣領，把他往牆上一推，蠻橫地要他給個交代——

那麼今天她就不會這麼糾結了啊！

舒春安簡直要吐出血來。

「妳吃飯不吃飯，在想什麼？」

虞清懷拿筷子輕輕敲了敲她的盤子。

舒春安抬眸，有些怨懟，又不敢太明目張膽地瞪他。

虞清懷被看得莫名其妙，「妳這麼看我幹麼？」

舒春安癟嘴，「沒有，就是想說現在跟高中不一樣了。」

虞清懷摸不著頭腦，「這不是廢話嗎？」

舒春安嘆了一口氣，這才不是廢話。以前天天見面，就算有什麼模糊不清的事情也無所謂，可是如今搞不好一週才能見一次，那些懸而未決的疑問就像一把懸在心頭上的刀，令她戰戰兢兢的。想取下來，怕弄得一身是傷，不取下來，又忍不住反覆思量，時不時地往刀子那裡瞧。

見舒春安沒有要接話的意思，虞清懷便說：「妳之前不是說，上了大學後要去找打工，怎麼樣？開始找了嗎？」

「還沒呢，想等過完第一週再決定。」

舒春安決定不再繼續糾結那把刀的問題。無論如何，眼下還是要好好吃飯。

上了大二，舒春安對這座城市總算熟悉許多了，至少她曉得去找虞清懷時可以在哪裡等他，又可以在他的學校周圍找到什麼好吃的，她甚至還跟附近賣衣服的、賣耳環的小店老闆混熟了。

舒春安本來就長得好看，這幾年在陳女士的逼迫下，皮膚保養得白裡透紅，連一顆痘子都沒有，粉嫩得總讓人忍不住想摸。再加上她個性也好，一下子就跟老闆們混熟了。

「舒舒，那就這麼說定了喔，妳這個週六來當我的模特兒。」服飾店老闆娘身體往前，靠在櫃臺邊，「妳長得這麼漂亮，本來就該多利用妳的美貌賺錢。」

「這樣一說，整件事情聽起來怎麼就怪怪的了？」舒春安托著腮，「可是先說好喔，我不會化妝，也不會擺姿勢，拍出來很尷尬不能怪我。」

老闆娘擺擺手，「沒事，誰沒有第一次？我們的攝影師很厲害，一定可以拍出好看的照片。」

舒春安本來就少根筋，一聽就放心了。

「那就好。」

「酬勞另外算，作爲第一次合作的謝禮，妳挑一副耳環吧？」

平日下午沒什麼客人，老闆娘慵懶地隨手一指，「那些都是我月初從韓國帶回來的。」

「可是我沒穿耳洞。」舒春安摸摸自己的耳垂，陳女士只有要她記得保養，沒有跟她說得打耳洞。

老闆娘直起身子，「眞的假的？」

舒春安無辜地往老闆娘的方向側頭，「眞的啊。」

老闆娘捏捏舒春安的耳垂，忽然彎下腰在櫃臺下翻找，好一會才見她拿出兩個穿耳器，「不然我幫妳打？這是日本的穿耳器，專門用來打耳洞的。」

舒春安睜大眼睛，「現在？」

怎麼辦？她沒想過啊！還是打電話問問陳女士？不，陳女士肯定會說隨便她。要不問一下虞清懷……

可是他現在在上課，多半不會接她電話。

「打個耳洞而已，不用這麼緊張吧？」老闆娘好笑地看著她，「這年頭一堆高中生都早早就穿耳洞了。」

「我只是沒想到會這麼突然。」舒春安看著桌上的兩個穿耳器，不太確定地問：「會很痛嗎？」

「不痛，就像被橡皮筋打到一樣。」

那還是滿痛的吧……舒春安心想。

「妳這麼漂亮，不打扮一下太可惜了。」老闆娘也沒逼她，「雖然現在夾式耳環的選擇也不少，但夾式戴久了，還是不如針式的舒服。」

「喔……」舒春安想了好半晌，「不然，我試試看？」

「這可不能反悔，妳想清楚再說。」老闆娘頓了頓，又道：「妳就算現在打了，週六也不能戴新耳環，所以對我來說是沒有影響的。」

這個舒春安知道，之前阿拉去打耳骨洞的時候，她瀏覽過店家給的相關資料，像是什麼碰水之後盡量快點擦乾啦，四週之後才能取下耳針之類的。

她的眼睛骨碌碌地轉，最終下定了決心。

「好，打吧。」

打個耳洞而已，應該算不上什麼大事吧？

舒春安整個晚上都不停地舉起手，然後放下，舉起手，又放下。

這個動作終於讓虞清懷忍不住問了。

「妳到底想幹麼？」

舒春安有點心虛，眼神飄移，「沒有啊……」

「說。」

舒春安癟嘴，見虞清懷一副不打算善罷干休的模樣，只得乾乾地笑了兩聲，「我打耳洞了。」

虞清懷抿了抿唇，撩開她的頭髮，見到微微發紅的耳垂上頭有顆亮晶晶的水鑽。他看完左邊，再看右邊，端詳了一陣之後才放下手。

舒春安見他神色不豫，嚥了口口水，低低地問：「你生氣了啊？」

「妳打耳洞爲什麼不先跟我商量？」虞清懷的口氣很冷，聽起來確實滿生氣的。

舒春安有點緊張，「不是……臨時決定的啊，而且你、你在上課。」

「那妳就不能等一等？」虞清懷口氣更冷，「我難道是一整天都在上課嗎？就算是，妳也可以晚上跟我討論了之後，再決定要不要打耳洞。」

「喔……」舒春安有點委屈，「那你也沒說過不能打啊。」

「我沒說過的事情可多了，難道妳都要一一去做，再確認我會不會生氣嗎？」虞清懷不悅地反問。

兩人在樹下停步，天氣已經微涼了，雙方僵持著，誰也沒先說話。

「我不知道妳到底在想什麼。」

「我才不知道你到底爲什麼生氣……」

兩人相視片刻，虞清懷見舒春安一副委屈的表情，心裡更氣了。

他一聲不吭地拉著舒春安往前走。

「去哪啊？」舒春安一頭霧水。

虞清懷沒有回答她的問題，仍是一個勁地走著。兩人本來就有身高差，他走得又快，舒春安在後頭追得踉踉蹌蹌的，最終氣不過，用力甩開了虞清懷的手。

「到底要去哪！」她吼。

要是在以往，她說不定就高高興興地跟著走了，但兩人剛吵架，舒春安的情緒還沒平復，又被虞清懷這麼拉著走，自是不樂意。

虞清懷轉身，「看皮膚科。」

「你要看皮膚科？」舒春安不解。

「是妳要看皮膚科。」

「我爲什麼要看皮膚科？」

「我問妳，妳這耳洞回去打算怎麼照顧？對方有給妳預防發炎的藥膏嗎？」

舒春安無語片刻，「……那倒是沒有。」

「妳看妳，什麼都沒想清楚就衝動地做了，妳要是想不清楚可以問我，妳要是想打耳洞，我們也可以去皮膚科問問，上網做點功課再決定，妳什麼都不做，出事了怎麼辦？」

舒春安被訓得都傻了，「我就打個耳洞能出什麼事？」

虞清懷瞪她一眼，大有種「妳還敢回嘴」的氣勢，舒春安連忙摀住自己的嘴。

虞清懷道：「也是有人穿耳洞結果蜂窩性組織炎的。」

「喔……」舒春安心頭那片烏雲慢慢散開了，她咧開嘴笑問：「所以你是因爲擔心我才生氣嗎？」

虞清懷不自然地別過臉，「並沒有。」

「那你耳垂爲什麼也紅了？」

「被妳氣的。」

舒春安笑得舒心暢快，「這樣我就懂了。」

「懂什麼？」

「懂你爲什麼生氣啊。」她伸手去握虞清懷的手，「我們去哪裡看皮膚科？」

虞清懷深深吸氣，又吐了出來。他本來打算說點什麼，但看著舒春安的臉，他舉起手，用指腹輕輕滑過她的臉頰，嘆了口氣：「走吧。」

他手指動了下，想反握住舒春安的手，最後卻沒有，只是任憑她握著。

看完皮膚科，時間還早，兩人在附近吃了點東西，舒春安才去搭捷運。

他們兩個都是外地生，校方有優先保留宿舍給他們，因此就算大二了，他們依然有宿舍可以住。

這一年來，舒春安沒事就跑來找虞清懷，這條路她走得熟得不能再熟。

有時她會覺得寂寞，有時在捷運上會覺得無聊，不過今天的她覺得很開心。

虞清懷的個性比較悶，她時常搞不懂他在想什麼，只能連猜帶矇的，很少遇到他這麼明顯地表達情緒。

他今天必定是真的十分擔心她，才會如此生氣。

想到這裡，舒春安忍不住彎起嘴角。

至少虞清懷還是很掛念她的。

☂

週六，舒春安按照約定的時間到了服飾店。

服飾店二樓就是攝影棚，聽老闆娘說偶爾會租借給附近的商家使用。舒春安不由得暗自佩服老闆娘的生意頭腦，這份額外收入說不定都夠付房租了。

老闆娘帶著點興味打量站在舒春安旁邊的虞清懷。

「這就是妳這一年來常常來找的『朋友』？」老闆娘特別強調了「朋友」兩個字，惹得舒春安一陣臉紅。

「嗯、嗯啊。」

虞清懷朝老闆娘微微頷首，沒有多說什麼。

「我第一次來拍嘛，所以就找朋友陪我一起來。」舒春安欲蓋彌彰地解釋。

「沒事，姊姊懂。」老闆娘拍拍她的肩膀，笑得曖昧，「那就讓他在角落那個位子休息？」

攝影棚的角落擺著一張長桌，周圍有幾張椅子以及插座。

「好，他不挑的。」

「那妳帶他過去，我去跟攝影師聊聊。」老闆娘心情挺好，「妳等等還要化妝，別跟妳『朋友』聊太久。」

老闆娘說完就走了，舒春安把虞清懷帶到角落的桌子邊，「老闆娘說你可以在這裡休息。」

「好，妳去忙吧。」虞清懷從包包裡拿出筆電，一副也很忙的模樣。

舒春安糾結了一會，想說些什麼，又不太確定究竟要說什麼。這時虞清懷忽然抬起頭看她，「還有事？」

「沒、沒有……」

「妳抹藥了嗎？耳洞。」

「抹了。」

「好，那妳去忙吧。」

語氣裡頗有點趕人的意思，舒春安這才摸摸鼻子走了。

化妝師已經在等她，一見她來頓時笑得格外開心。舒春安坐在椅子上，任由化妝師擺布，化完妝又打理頭髮，等著等著，她已經想睡了。

化妝師見她犯睏，便問：「要不要幫妳買杯咖啡？」

「……啊？啊！不用不用。」舒春安不好意思地笑了下，「我只是一直坐著就想睡覺，等下起來動一動就沒事了。」

「好。」化妝師帶著點笑意，開始找話跟舒春安聊天。

「妳的底子眞的不錯，有打算走平面模特兒這一塊嗎？」化妝師拿著電捲棒在她頭上擺弄，那熱氣烘得舒春安略感緊張，一動都不敢動，就怕燙到。

「不知道，我也是第一次拍，之後再看看吧。」舒春安答。

「也是，趁年輕的時候多嘗試，才曉得自己想做什麼。」

「拍平面的人很多嗎？」

「很多啊，現在做網拍賣衣服的這麼多，都需要平面模特兒。」

「是喔……我以前都沒想過。」

化妝師笑了幾聲，跟她分享了一些過去幫其他人化妝的趣事，舒春安聽得津津有味，忍不住多問了幾句。

「好啦，妳要是有興趣，我可以幫妳問問看我朋友，她那邊好像也缺平面模特兒。」

舒春安還沒回答，老闆娘就來了，「這麼明目張膽跟我搶人，我還想把舒舒簽下來當我的專屬模特兒呢。」

「眞貪心。」化妝師笑回，然後轉頭看舒春安，「千萬要敲一筆大的，一般專屬約價碼都很高，不要放過她。」

舒春安明白他們是開玩笑，因此只是隨口應了一聲。

「好了，走吧，衣服都準備好了，正在等妳換。」

換完衣服走出更衣間時，舒春安有些彆扭。她平常雖然會穿短褲，但是沒穿過這麼短的裙子。

她不安地望了望老闆娘，「好看？」

老闆娘替她整理了一下，又在她手上拍了一下，「別拉裙子，這樣很好。」

舒春安乖乖照做，老闆娘把她推到攝影師面前，「新人，麻煩你了。」

攝影師點點頭，上下打量了舒春安一番，「放輕鬆。」他朝她招招手，「來一下。」

怎麼可能輕鬆得了啊？舒春安暗暗抱怨，一面走了過去。

攝影師打開電腦螢幕，找了幾張網拍模特兒的照片給她看，「大概會拍出這種感覺的照片，妳按照她們這樣擺姿勢就好，一開始都會不知道怎麼辦，多拍幾張就會習慣了。」

「好。」

攝影師朝旁邊的助手勾勾手指，「妳教她。」

這場拍攝花了四、五個小時，舒春安換了十幾套衣服，到最後果真像攝影師說的，她都累得不記得該怎麼緊張了。

拍完照，舒春安換回自己的衣服，臉上還帶著略濃的妝。她走到虞清懷面前，「我們走吧。」

虞清懷看了看她，有點好笑。雖然一臉疲態，不過大概是因爲化了妝，舒春安的臉紅撲撲的，讓人忍不住想捏。

「妳不去跟老闆娘說一聲？」

「說過了。」舒春安做了好幾次伸展，「好累喔。」

虞清懷起身道：「那走吧。」

「要吃什麼？」舒春安問，「好餓喔。」

「看在妳這麼累的分上，我請妳吃飯。」虞清懷淡淡地說。

舒春安睜大眼，「眞的？這麼好？那我們吃什麼？」

「跟我走。」

兩人上了捷運。

虞清懷帶她來到一家內裝十分中式的餐廳，用餐空間是包廂式設計，入座必須脫鞋。因爲這樣，舒春安終於能把穿了一整天高跟鞋的腳好好舒展。

「以後還要去嗎？」

上菜之後，虞清懷一邊吃一邊問。

「不知道，本來聽他們聊，老闆娘好像有意思繼續找我拍，但拍完之後她也沒和我談，可能成品不理想吧。」舒春安滿不在乎地說。

「也可能是想等等看上線之後的反應，畢竟效果好不好，看銷量如何最直接。」

舒春安點點頭，「反正我是無所謂。」

虞清懷抬眼，見她確實一點都沒放在心上的樣子，他沉思了一會，「我以為妳會有興趣繼續做下去？」

「偶爾玩玩可以吧。」舒春安聳聳肩，「但我感覺還好，不是特別有興趣。」

「我以為女生都喜歡受人注目？」虞清懷追問。

舒春安覺得有點奇怪，平常虞清懷不會這麼打破砂鍋問到底的，不過她看不出虞清懷的心思，再加上此時上菜了，於是她就直接把這件事拋到腦後了。

吃完飯，兩人才踏出餐廳，舒春安就叫了一聲，蹲在路邊。

「怎麼了？」

「抽筋了……」她揉著小腿，「可能是穿太久高跟鞋了吧，我以前都沒穿過。」

「能走嗎？」

「應該要等一等，肌肉還很緊繃。」舒春安靠著牆，額上滲出冷汗，「嗚嗚，好痛喔。」

虞清懷嘆了口氣，把自己的包包塞給她。

「裡面有電腦，妳小心點別摔到了。」

聞言，舒春安一頭霧水，「什麼意思？你要幹麼？」

「背妳。」虞清懷背對著她蹲下來，「上來吧。」

舒春安臉上一紅，「不、不好吧，人這麼多……」

「又不是沒背過。」虞清懷平靜地說，「難道妳還怕了？」

背。

「我、我爲什麼要怕……」舒春安嘴硬地回，接著背起虞清懷的包包，默默趴上他的背。

虞清懷站起身，顚了顚她，「變重了。」

「你才變重！你全家都變重！是電腦的關係！」舒春安炸毛。

虞清懷低低地笑起來。

「幹麼笑啦！」舒春安扭動著身軀，「你放我下去。」

虞清懷沒理她，邁開步伐往前走，舒春安不禁癟嘴。

說人家重就放人家下去啊！混蛋！

這時虞清懷忽然說：「如果不喜歡拍平面照的話，就別去了吧。那麼一點錢，換一個腳痛的下場不划算。」

舒春安嘆了口氣，乖乖地趴在虞清懷背上，「我還沒決定，老闆娘對我滿好的，如果她有需要的話，我也很難拒絕。」

虞清懷沉默了幾秒，「那如果我說其實我也不喜歡妳去拍照，這樣能增加一點拒絕的理由嗎？」

聞言，舒春安胸口暖洋洋的，輕輕應了聲，片刻才問：「你爲什麼不喜歡我去？」

「妳也不看看我現在背著什麼。」虞清懷想也不想地回話，「重死了。」

「……你放我下去。」

其實，虞清懷明白自己是自私。他看了舒春安化妝後的模樣，又看了她拍攝出來的照片，儘管是還沒修過的毛片，但舒春安的耀眼已經隱隱展露出來。

他怕，如果舒春安太耀眼了，就會飛到另一個沒有他的世界。

就像以前高中時，他跟舒春安本來也不是同個世界的人。

升上大三，虞清懷的日子突然忙碌了起來。

虞清懷讀的是財務金融，大三就差不多要寫小論文了，而且平常光是研究國內外的經濟情勢就忙得不得了，幾次舒春安來找他，他都只能匆忙地跟她吃了飯，便又回圖書館念書，或是去跟同學開小組會議。

好比今天。

舒春安好不容易做完學校的報告，匆匆忙忙地趕來，沒想到虞清懷卻說他已經吃飽了，現在又要去圖書館。

舒春安有些失落，忍不住伸手揪住他的衣角，「我都來了，好歹陪我喝杯飲料？」

虞清懷顯得為難，眉頭淺淺地皺了起來，最終還是只能嘆口氣，「好吧。但是不能太久，就半小時，我的伙伴還在等我。」

舒春安不禁吃味，他竟然都有伙伴了，看看大學都對他做了什麼，明明是一個這麼自閉的人，居然也融入了團體活動。

「那還是算了吧……」舒春安半是賭氣地說，「既然還有人在等你的話。」

反正對你而言，我也不是最重要的那個。她心想。

虞清懷眉頭皺得更緊了，「妳鬧什麼脾氣，不是都說了半小時嗎？」

舒春安抿著唇，她想辯解什麼，又不知道該怎麼說。

她想說，自己車程來回要將近兩個小時，她專程來見他，結果卻只能相處半小時，一點都不划算。

她還想說，雖然這是她自己願意做的，可是他也不能都沒有回應啊。

不過這些她都沒說，她不曉得自己能不能說。

畢竟，虞清懷從來也沒有親口承認過她是他的女朋友。

「沒有……我沒有鬧脾氣，我只是想，如果有人在等你的話，讓他們等我也不好意思。」舒春安說著，委屈感油然而生，「怎麼說，那也是……也是學校的事情。」

虞清懷不是沒看出舒春安的委屈，她一直都是心裡想什麼就寫在臉上的人。

然而他也有他的爲難之處，學校的報告就是這麼多，周圍的人都這麼優秀，他不更努力，就會被甩在後頭。

在這種情況下，他眞的沒有更多時間跟舒春安在一起鬼混。

他嘆了口氣，拉著她走到一旁的樹下，琢磨了一會後，慢慢開口。

「我知道這樣說可能不對，但是你們學校的課業比較輕鬆也是事實。」

舒春安等著他的下文。

虞清懷深深吸了一口氣，「我不清楚妳對未來是怎麼想的，可是我現在真的不能鬆懈，我們班有一堆人大學畢業後還要去國外深造，我去不了，所以我只能把握現在。」

舒春安聽得有些茫然，「所以你的意思是？」

虞清懷靜默了幾秒，「以後我可能沒有這麼多時間可以陪妳，妳……要不要自己找點別的事情做？」

舒春安眨了好幾下眼睛才反應過來。

「你覺得我煩？」

虞清懷扒扒頭髮，略顯懊惱，「我就知道妳會以為是這樣，不是，我沒有嫌妳煩，我就是沒有更多時間了。」

舒春安想笑著跟他說：什麼嘛，這種小事我才不會放在心上。

可她笑不出來，她咬了咬牙，又憋了幾秒呼吸，總算把想哭的感覺忍住。

「對啊，我們兩個的學校對課業成績的要求還是有差的。」她起身，「那就先這樣吧，你去忙，我先回去了。」

她站在虞清懷面前，虞清懷沒說話，舒春安又勉強地勾了勾嘴角。

「以後你直接說清楚就好了，我聽得懂。」

「妳聽懂什麼了？」

「不就是你很忙嗎？那等你有空再說吧。」舒春安笑了下，「我走了。」

看著她眼底的水光，虞清懷張口想說點什麼，最終卻只是點點頭，「路上小心。」

大概是忍哭到極致就會想笑，舒春安當眞哈哈大笑，「這條路我都走過多少次了，我會小心的。」

她擺擺手，「我走了，拜拜。」

若是在以往，舒春安定然會等到虞清懷也跟她道別之後才轉身，不過今天她眞的忍不住了。

即使虞清懷否認，即使他把話說得再好聽，他就是覺得她浪費了他的時間。

舒春安渾渾噩噩地搭上捷運。

她明白兩人的學校等級有落差，可是被他當面這樣一說，好像她在高攀他一樣。

她不是無事可做，所以才來找他打發時間，而是覺得他比其他任何事情都重要，才排開了那些事，只爲了跟他一起吃晚飯。

這也許就是他們兩人之間的差異吧。

對他而言，她是閒暇時的消遣。

但對她而言，他是她的第一順位。

一路上，她無比木然地注視著窗外的景色，儘管想哭，胸口卻像是塞了一堆棉花似的，漲滿著情緒又空虛無比。

隨著人潮走出捷運站，舒春安有些晃神，以至於撞在人家身上、跌坐到了地上的時候，都沒回過神來。

「妳還好嗎？」對方將她扶起來，「對不起啊，我剛剛遠遠地叫妳，妳都沒聽見，所以才走到妳面前，沒想到反而把妳撞倒了。」

舒春安定睛一看，這才發現是許景宸。

「喔……沒關係啦，是我自己沒注意到。」舒春安沒什麼精神地低聲說。

「妳怎麼啦？」見她臉色不好，許景宸問，「身體不舒服？」

「沒事……」

許景宸笑了，「妳這樣怎麼可能沒事。」他拍拍舒春安的肩膀，「要不，跟我聊聊？我正好沒事。」

舒春安看著他，想了會，點點頭。

雖然她一向滿會交朋友的，不過上了大學之後，她把生活重心都放在虞清懷身上，因此在學校根本沒有可以說心事的人。

她現在迫切地想要找人聊一聊，想聽聽別人的想法。對於虞清懷所說的話，她是不是反應過度了？

「那我們邊吃晚餐邊聊吧，我有點餓了。」

「好。」舒春安同意，又問：「你怎麼這時間還沒吃？」

許景宸聳聳肩，「剛剛在上課啊，我去重修大一英文，只剩這時間能選，餓死我了。」

「喔。」舒春安沒有同情心地笑了。

兩人在附近找了一間簡餐店，點好餐後，舒春安簡單地把整件事說了遍。

許景宸聽完，想了想，「這樣吧，我打工的飲料店正好要徵工讀生，妳來試試看？」

「你沒有別的建議給我？」舒春安有點意外，她以爲許景宸會告訴她對這件事的看法，沒想到只有這個提議。

許景宸聳聳肩，「我當然有我的想法，不過我怕說了妳會難過。」

舒春安垂下目光，「我忽然不想聽了。」

許景宸笑了，故意孩子氣地說：「我又沒有要告訴妳，妳想聽我也不說。」

舒春安被他的語氣逗笑，「那你爲什麼建議我去打工？」

「轉移注意力啊。」許景宸說得理所當然，「不然妳要幹麼？」

舒春安自嘲地笑了。對啊，不然她要幹麼？

這幾年來她總是繞著虞清懷轉，一下子要她找別的事情做，她還眞的不知道自己能幹麼。

舒春安就這麼在飲料店裡打起工來。

許景宸特地跟同事換班，盡量跟舒春安排在同一個時段上班，免得她哪裡不熟卻不好意思問別人。

期間度過了一次期中考，雖然舒春安跟許景宸念的大學不是最頂尖的那種，事實上也不算差。若要論排名，虞清懷的學校在國內是一流大學，而舒春安跟許景宸的學校則是大約落在二流大學之末，又比三流大學好一些。

人家有的期中考，他們自然也有，而許景宸跟舒春安同班，必修課總是一起上的，於是兩人偶爾相約念書、一起打工，沒多久就熟了起來。

儘管如此，許景宸卻再也沒問過有關虞清懷的事，有時候舒春安都想，他是忘記了呢？還是眞的不想知道？

無論是哪一種，她都很感激許景宸不再問她。

畢竟她自己也還沒考慮清楚，她跟虞清懷之後到底應該要怎麼辦？

舒春安一邊發著呆，一邊進行打烊的準備，許景宸在後場整理東西，她負責前臺的清潔。收拾得差不多了，她正打算去拿水管把地板沖一沖，才一轉身，就看見許景宸走了出去。

咦？他要走了？

他們平常都是一起拉下店門，一起走的。

舒春安好奇地望著他的背影，然後見他就停在店門前的騎樓，好像在等著誰。

過了一會，遠處跑來一個女生，直接投入了他的懷抱。

哦！原來是女朋友。

舒春安正打算等會拿這件事來調侃他，定睛一瞧卻有些懵了。那不是系上的學姊嗎？而且她記得學姊的男朋友是系學會會長⋯⋯

舒春安的腦內小劇場頓起。

這是哪齣跟哪齣？這樣不好吧！

她看傻了眼，這時候學姊已經從許景宸懷裡離開，然後從包包裡拿了個東西給他。

許景宸跟學姊說了幾句話，忽然回頭往櫃臺看來，舒春安連忙蹲下身，怕被發現自己看了一路的八卦。

她蹲在櫃臺底下，思考了片刻。

這到底是怎麼回事？難道許景宸有意要搶學姊？

學姊確實漂亮，模樣纖細柔弱，一頭黑長直髮及腰，五官又細緻，充滿了仙氣，無論從哪個角度來看都十分仙女，她可以理解。

別說他了，就連她每次見到學姊，心兒都會怦怦跳，太美了，美得不敢造次的那種。

咦？莫非男人都喜歡這款的？

舒春安審視了一下自己，雖然她也不差，不過必須承認，自己跟學姊那種仙氣飄飄的模樣還是有點距離。

不如她也留個黑長直髮試試？她記得虞清懷也喜歡黑長直。

「妳蹲在那裡幹麼？」許景宸把頭探進來問，「不下班嗎？」

「要要，我還沒刷地。」舒春安連忙跳起來。

「哦，那我再去後面整理一下，等妳刷完地我們就走。」

許景宸手上拎著個東西，一時之間舒春安也看不出來是什麼，她又不好意思問。

何況剛才看見了學姊跟許景宸的曖昧互動，她若問，也怕問出了什麼大問題，到時候她該怎麼辦？

如果許景宸真的想要搶學姊的話，她究竟是要規勸他，還是支持他？這問題太兩難了！舒春安一邊刷地一邊糾結，最後決定不問。

就像許景宸再也沒問過她和虞清懷之間的事一樣。

兩人一起拉下鐵門後，寒暄了幾句，就各自往不同的方向走。

許景宸是本地人，住在家裡，而她要回學校宿舍，所以彼此的方向不同。

舒春安上了公車，運氣很好的有座位，才一坐下來，她就有點迷迷糊糊地想睡了。忙了一個晚上，她就算體力不錯，此時也有點筋疲力盡。

舒春安沒一會就打起瞌睡，到站的時候才驚醒，匆匆忙忙地跑下車。深秋的風有點冷，溫差讓她打了個哆嗦，她原地跳了幾下，接著聽見手機的訊息提示音。

她拿出手機檢視，隨即愣住。

虞清懷：我要去吃消夜，妳要來嗎？

舒春安看了眼時間，都十點了，現在過去，到了就十一點了，吃完可沒捷運能回來。

她有點猶豫，可這是這些日子以來，虞清懷第一次聯絡她。

他們都多久沒見了？兩個星期、三個星期？

舒春安深吸了一口氣。去？還是不去？

當她還在猶豫的時候，訊息又來了。

虞清懷：來嗎？

看著那簡單的兩個字，她可以察覺出虞清懷的意思。

他希望她去，否則他不會問第二次。

舒春安閉了閉眼。

舒舒舒春安：好，我等會到。

虞清懷：我在捷運站等妳。

舒春安轉身往捷運站走，她不明白自己爲什麼要去，也許是因爲她也想見虞清懷，也許是因爲不想讓虞清懷失望。

也許……她就是控制不了自己想去有虞清懷的地方，就算很遠很累，明天早上第一節還有課。

但她還是想去。

她本來打算放棄了，反正有沒有她，對虞清懷來說都差不多，可是收到虞清懷的訊息她又心軟了。

只要他還有一點點想見她，她就會去見他。

即使他僅是這麼稀鬆平常地、若無其事地問她要不要吃消夜。

在捷運上，舒春安心裡有點期待，又有一些說不出來的感覺，沉甸甸地壓在心口。

雖然不想承認，不過她覺得自己有點呼之即來揮之即去。

她對虞清懷而言，到底是什麼樣的存在呢？

舒春安想知道，可是不敢問。

她怕虞清懷給出一個自己不想聽的答案。

才剛走出捷運站，舒春安就看見虞清懷倚在一旁的牆上，垂首閉目養神。

一見他這樣，舒春安方才在捷運上的那一點點鬱悶就消失了。

他都這麼累了，還是想找她吃消夜，可見他不是不想維繫他們之間的感情，只是真的沒有時間而已。

舒春安彎起嘴角，面帶微笑走到虞清懷面前。

「我到啦。」

她的嗓音清脆，把虞清懷從自己的世界裡拉了出來。

虞清懷見她依舊很有精神的樣子，之前的矛盾彷彿一點都沒造成影響，心裡也鬆了一口氣。

「來了就好。」他開口，聲音有一點嘶啞，充滿著情緒，令他自己都嚇了一跳。

原來他竟也有這種時候。

帶著一點期待、不安、忍耐、壓抑的，等著一個人。

這段沒有舒春安的日子，他並未感到有多煎熬，甚至有時候還慶幸省下了許多時間。只是不知道為什麼，見到舒春安的這一瞬間，卻突然滿溢出這麼多情緒。

「要吃什麼？」舒春安笑問，「你聲音怎麼變這樣？感冒了嗎？」

虞清懷清了清嗓子，「沒有，只是喉嚨有點痰而已。」

「哦。」舒春安東看看西看看，「有一陣子沒來，也沒什麼變嘛。」

虞清懷看她仍舊這麼燦爛清朗，心裡突然有些羨慕。舒春安就像太陽一樣，直來直往的，讓人舒服，而他心裡總有許多彎彎繞繞的彆扭心思，連他自己都不想面對。

虞清懷帶著舒春安來到了一間有包廂的餐廳。

裝潢很有氣氛，包廂裡頭鋪了日式的榻榻米，兩人脫了鞋踏進包廂，席地而坐。

桌上擺著熱麥茶，舒春安動手斟了兩杯。她把一杯茶推到虞清懷面前，自己也喝了一口。

「那你現在不忙了嗎？」舒春安小心翼翼地問。

上次他那麼說，依舊讓她有點耿耿於懷，怕自己又打擾到他，雖然這次是他先找她。

虞清懷喝了一口茶，「稍微告一段落。」

「是嗎……」

舒春安托著腮，左右張望，「這家店是二十四小時營業？」

「對，我們有時候會在這裡討論報告。」

舒春安偏著頭，這個意思是他們常常熬夜討論報告？唔，好像有點心疼啊，可是她又幫不上什麼忙。

「那妳這段時間都在幹麼？」虞清懷狀似無意地問。

「打工。」

舒春安隨口回應，心裡自顧自想著——眞不容易，這麼努力考上這麼好的大學，結果還是要拚命念書、做報告，根本不像老師說的，考上就海闊天空了。這麼看來，考上好大學也不是什麼好下場，應該說幸好她沒考上嗎？不然就算考上了，也跟不上大家吧。

見舒春安心不在焉，虞清懷眉頭蹙了蹙。

「什麼打工？」

「飲料店。」舒春安抬起眼，笑得眼睛彎彎的，「我現在會做很多種不同的特調了。」

「哦，是嗎？」虞清懷沒有澆她冷水，他更想知道，舒春安這段時間發生了什麼事，「怎麼突然想去打工？」

不是你叫我自己找點事情做的嗎？

舒春安眨了兩下眼睛，想了幾秒，終究沒把這句話講出來。難得見面，還是別把場面弄僵了，雖然她滿委屈的。

「我們班有個同學在飲料店打工，正好店裡缺人，我就去了。」

舒春安搔搔臉頰。

唉，原來表現得雲淡風輕如此心酸，明明那天她傷心不已，可現在說起來，也不過就短短兩句話。

「什麼同學？妳怎麼沒跟我提過？」虞清懷心中隱隱覺得有些什麼，那感覺倏忽即逝，即使如此，他也知道那令他不太舒服。

舒春安困惑地抬眼，「就是同班同學，我們一起做過幾次報告，也一起念過書。」

這麼追根究底地問？眞不像虞清懷。果然是太久沒聯絡了吧，不管是他還是她，都有點不自然。

「是嗎？」虞清懷垂眸，往後靠上椅背，「男生？」

「對啊，你怎麼知道？」

虞清懷笑了笑，「猜的。」

「眞神。」舒春安摸摸手臂。冷氣有點強啊。

虞清懷注意到她的動作，「會冷？」

舒春安頷首，抬頭瞧了瞧，「大概是因爲坐在出風口吧？」

「那妳坐過來這裡。」虞清懷拍拍自己身旁。

舒春安眨眨眼睛，「好、好啊。」

坐在虞清懷身邊啊……等等，都認識這麼久了，他們又不是沒有坐在一起過，幹麼大驚小怪！

舒春安暗罵自己。

只是，爲什麼她心裡這麼緊張？

這麼說來，打從收到虞清懷的訊息開始，她就一直很緊張。

舒春安慢慢坐下，雙手無處安放地理了理自己不存在的裙襬。

早知道她就穿裙子了，不但好看，現在還能找點事情做，不像牛仔褲，根本不需要整理。

虞清懷側過身，把自己的外套披在舒春安身上，「這樣就不冷了吧？」

舒春安張大了眼睛。

虞清懷今天怎麼特別溫柔？不過一個多月沒見面，差別能這麼大？

「那這段時間，有發生什麼有趣的事嗎？」虞清懷循循善誘，他想了解更多，最好是有關那個「同班又一起打工的同學」。

舒春安腦子裡一團亂，還在爲了身上那件帶著虞清懷氣味的外套發懵。

「沒發生什麼事啊……」

「妳打工一個月，都沒發生什麼趣事？」虞清懷挑眉。

經他這麼一提，舒春安倒是想到了稍早目睹的畫面。

「倒是有件奇妙的事，今天要打烊的時候，跟我一起打工的那個男生突然走到店外面，然後一個有男朋友的學姊出現，就這樣撲過來抱住他！」舒春安說得眉飛色舞，「簡直嚇傻我了，這樣不好吧！還有，我同學這樣也不好吧……」

舒春安說著，轉頭去看虞清懷，「你們男生都怎麼想的？」

虞清懷沒料到舒春安會突然轉頭，一時之間不禁錯愕。

舒春安也愣了瞬，「……你在看什麼？」

「當然是在聽妳說話。」虞清懷咳了聲，收斂了心神，「妳剛問我什麼？」

「我說，你們男生都怎麼想的？這樣招惹有男朋友的女生不好吧？」舒春安狐疑地挑眉，「你不是說在聽我說話嗎？你真的有在聽？」

虞清懷別開眼，喝了口飲料，「當然有。」

難道他能跟她說，他是看著她的側臉恍神了嗎？

虞清懷放下杯子，「我的想法就是，妳少去碰別人的玩具。」

「啊？」

「不管怎樣，那肯定是個爛泥坑，妳管太多沒好處，反正本來就不關妳的事，妳跟那個同學也沒有熟到那種程度，別人的私事還是別插手。」虞清懷定定看著她。

舒春安貶了幾下眼睛，偏著頭，「但我覺得我同學不是這種人啊……」

「哪種？」

「就是會跟有男朋友的女生糾纏不清的人……」舒春安感覺許景宸是個挺溫暖的人，不像虞清懷口中所說的「別人的玩具」。

甚至，她其實不太喜歡虞清懷這麼說。

虞清懷瞄了她一眼，就知道舒春安心裡並不同意他的說法。

於是他又道：「我不清楚妳同學跟妳學姊是什麼個性的人，不過我就問妳，如果是妳，妳會這樣做嗎？」

舒春安想了想，又看了一眼虞清懷，不太甘心地說：「如果我有男朋友的話，我當然不會這麼做。」

「那妳會讓妳男朋友隨便給別人抱嗎？」虞清懷追問。

「當然也不行啊。」舒春安連忙答。

「那不就對了。」虞清懷再次強調，「不管他們之間是什麼關係，妳最好都別管。」

「喔……」舒春安點點頭，「也是啦。」

虞清懷笑了聲，冷不防握住她的手，「妳還有什麼要跟我說的嗎？」

舒春安抬起頭，有些驚訝。現在這是什麼意思？

她傻傻地搖頭，又看著兩人交握的手，忽然有點想哭。

明明就是他把她推開，如今卻又這樣，明明沒有他，她也可以，可她就是忍不住想回到他身邊。

舒春安手指微顫，最終不敢出力地、輕輕地反握住虞清懷的手。

不管未來會如何，至少這一刻先這樣吧。

就算她心裡仍是充滿困惑，不曉得她跟虞清懷之間究竟該怎麼算。是情人，還是朋友？

算是在一起了，還是沒有？

她不敢在這個當下問，害怕失去的人，總是比較謹小慎微。

虞清懷握著舒春安的手。

他不明白自己在想什麼，可是他不願意舒春安爲了別的男人跟他生疏了，更不希望舒春安滿腦子都在想別的男人。

幸好她個性單純，一旦給了她一個答案，她很快就會把事情放下，她之所以心心念念那個男同學，不過是因爲好奇而已。

只要能夠一直吸引她的好奇心，她就不會眞的離開。

聽過虞清懷的看法後，舒春安後來幾天見到許景宸，心裡都感覺哪裡怪怪的。

不過許景宸似乎沒有察覺她的心思，還是一如往常的溫暖，只是她再也沒見過學姊來找他。

舒春安好幾次想問，又想起虞清懷的話，於是那份好奇心就堵在喉頭，不上不下的，噎得她屢屢分心，這幾天來頻頻出錯，看得許景宸心驚膽戰。

「舒舒！」許景宸過來一把將她的手拍掉，「這鍋子這麼燙，妳手套也不戴就要直接拿了？」

舒春安愣了愣，瞧了一眼自己面前裝著珍珠的鍋子，嚇得咋舌。

許景宸嘆了口氣，戴起手套，把裝滿熱珍珠的鍋子挪到旁邊去，「妳最近都在想什麼？老是心不在焉的。」

舒春安睜著眼睛看他，實在很想把那個問題說出來，但是又怕會讓許景宸傷心。

搞不好他就是暗戀學姊啊，就算學姊已經有男朋友了，可愛情總是沒什麼道理的嘛……

這麼一想，舒春安就決定要把這問題吞下去，爛在肚子裡。

「沒有，就、就是，有點累了。」她難得說謊，講話不太流暢。

許景宸瞥了她一眼，不置可否。

「說起來，妳也來打工一個多月了。」許景宸開口，手上也沒閒著地煮起另一鍋茶，「妳和那個……曖昧對象，怎麼樣了？」

舒春安眨眨眼，「我前幾天去跟他見面了。」

許景宸訝異地抬頭，「然後？」

「我……我就是有點意外，他握了握我的手……」舒春安不太好意思，「我也不曉得是怎麼回事。」

要說親暱了點，好像是有，但要說名分確定下來了，那也沒有。

「他找妳去的？」許景宸漫不經心地問。

舒春安點點頭，「對啊。」

「我想也是。」

「什麼你想也是，你在想什麼？」面對許景宸，舒春安就沒有那麼謹小慎微了。

「我在想，他還眞是把妳掌握得很好啊。」許景宸淡淡地說。

舒春安愣了瞬，心裡像是被什麼東西打了一下，「你……幹麼這麼說？」

「難道妳不覺得？」

「我警告你別說他壞話喔。」舒春安裝凶，「反正就是這樣啦。」

「身為朋友，我善意地提醒妳，這樣下去對妳不是好事，他連一個承諾都不肯給妳，妳又為什麼要繼續待在他身邊？」

許景宸說完，往鍋子裡加了東西，「我去外面忙一下，妳自己小心點，不要被燙到了，記得戴手套。」

「喔……」舒春安垂眸，她想說點什麼反駁，可是又不知道該說什麼。

其實她最想說的是：混蛋，你跟學姐摟摟抱抱的我也什麼都沒講，你憑什麼講我！

舒春安憤慨地攪拌著茶，沒一會，一旁的計時器就響了。

這是一鍋剛剛煮好的冬瓜茶，舒春安要把鍋子搬離瓦斯爐，放到一旁去，等涼了之後裝瓶放入冰箱。

她忿忿地戴上手套，搬起鍋子，這重量對她而言本來就不算輕，再加上又剛煮好，她只得小心翼翼的，有什麼不平都只能先拋到腦後。

卻沒想到，她注意了手上，沒注意到腳下。內場地板濕滑，她腳底一滑，便連人帶鍋摔倒了。

這一瞬間，鍋子發出震天巨響，她一下摔傻了，直到許景宸從外頭跑進來才回過神。

好痛！

許景宸鐵青著一張臉，伸手一抱，直接把她抱到一旁的流理臺上，接著將她的腿放進水槽裡，打開水龍頭沖。

好在她今天穿的是長裙，只要撩起來就好，要是牛仔褲那就麻煩了。

舒春安看著自己被燙紅的小腿，不敢哭出聲。

許景宸這時候已經俐落地清理起翻在地上的冬瓜茶。

「早知道妳會這樣，就讓妳去站外場了。」許景宸嘆了口氣，「找錯錢、泡錯飲料，也總比燙傷好。」

舒春安癟嘴沒說話，雖然很克制了，眼淚還是不停地掉下來。

許景宸收拾好狼藉的地板後，重新把鍋子架上。

「好點了沒？要去看醫生嗎？」許景宸湊過來打量。

舒春安白皙的小腿上，出現一整片觸目驚心的紅。

「妳要去看醫生嗎？」許景宸抬頭再問，「還是買個燙傷藥膏抹就可以了？」

舒春安噙著淚，「不知道。」

「這應該可以報工傷，老闆有幫我們保勞保，照理說能給付，所以不用擔心錢。」

他說完，瞧著舒春安的臉，搖了搖頭，走到一旁用廚房紙巾沾了點水，「抬頭。」

舒春安聽話地抬起頭來，許景宸慢慢地把她臉上的汗水淚水，還有一些不確定是什麼東西的髒汙擦乾淨。

「不哭了，一點小事情而已，如果妳要看醫生，我會陪妳去。」許景宸又拿了張紙巾過來，把她的兩隻手也擦了，「不過妳這樣也不曉得要怎麼去，計程車可能也不願意載吧……」

舒春安看了看自己濕透的長裙，這麼狼狽，她身上又髒，實在不好意思去醫院，更不好意思搭計程車。

「我看還是算了，我自己抹藥膏就好了，現在感覺好一點了。」舒春安癟癟嘴，想說什麼，最終還是嘆了口氣，「對不起，我惹麻煩了。」

許景宸無奈地拍拍她的頭，關了水龍頭，再把她的裙襬擰乾。

舒春安把腳從水槽裡抬出來，許景宸架著她，小心翼翼地走到旁邊坐下。

「妳在這裡休息一下吧。」許景宸從冰櫃裡裝了一袋冰塊給她，「先敷著。」

「嗯。」

隨後，許景宸轉身往外場走，又不太放心地瞥了她一眼，轉而走到櫃子前，拿了她的包包過來。

「嗯？」舒春安一頭霧水。

「我本來要拿妳的手機，後來覺得擅自翻妳的包包不太妥當，所以就把整個包包拿來了。」許景宸解釋，見她一臉可憐兮兮的樣子，便摸了摸她的頭。

許景宸離開後，內場顯得有點安靜。

舒春安拿出手機，想了一會，傳了訊息給虞清懷。

舒舒舒春安：剛剛煮茶的時候燙到了。

她還附上一張自己被燙得紅紅腫腫的小腿照，結果一下就收到了虞清懷的回訊。

虞清懷：看起來還好。

舒春安癟嘴。我都痛死了，你還說風涼話？

這話她當然沒敢對虞清懷說。

舒舒舒春安：嗯，因爲緊急處理過了，不過還是滿痛的。

虞清懷：眞的燙得很嚴重，把神經都燙壞的話，就不會痛了，妳會痛是好事。

舒春安無言了片刻。她想聽的才不是這個！

她望了望天花板，虞清懷沒再傳其他訊息過來，她也不想要熱臉貼冷屁股，於是乾脆玩起手遊，期間還起來關瓦斯爐的火。

她一直在內場待到下班時間，小腿仍是火辣辣地刺痛著。

「好點了嗎？」許景宸走進內場，「需要看醫生嗎？」

舒春安搖搖頭，「應該不用。」

確實如虞清懷所說的，「看起來還好」。

許景宸蹲下來，湊到她的小腿前，這個角度讓舒春安有點不好意思地動了動。

許景宸也馬上察覺自己這樣不太禮貌，連忙站起身，「就算不看醫生，肯定還是要抹藥膏的，總覺得晚上會起水泡。」

「是喔……」舒春安第一次被燙得這麼嚴重，也不太清楚該怎麼辦。

「妳等一等，我把內場收拾好就帶妳回宿舍。」

許景宸轉身開始打掃內場，事情雖多，但他做得習慣，不一會便收拾乾淨了。

他背起自己的包包，一手拉起舒春安的手繞過自己的肩膀，另一手環著她的腰，一個使力，舒春安就被架起來了。

兩人靠得近，舒春安這才注意到，許景宸原來也大概有一百八十公分高。得要這麼近她才發現這一點，可見平常她有多專心在虞清懷身上。

走出店門口，舒春安瞧見不遠處有個人影，頓時不可置信地眨了眨眼睛。

虞清懷朝他們走來，先是向許景宸微微頷首，才伸手在舒春安面前晃了晃。

「傻了？」

舒春安呆呆搖頭，「你怎麼會來？」

「妳不是說妳燙傷了？我來看看妳是不是還活著啊。」

舒春安垂下眼，想哭又想笑，想說什麼又說不出來，胸中填滿了濃濃的情緒。

「我來照顧她就可以了。」虞清懷對許景宸說。

理。」

「好。」許景宸點點頭，又道：「她還沒去看醫生，也還沒買藥，你們看看要怎麼處

「好，謝謝。」虞清懷語氣淡淡的，頓了下又道：「平常也謝謝你照顧她了。」

許景宸擺擺手，走了。

大學畢業之前，舒春安清明連假回老家時，特地跟阿拉約出來吃了頓飯。

阿拉大學沒跑遠，就留在老家附近的私立大學混了個文憑。她跟舒春安一樣不喜歡念書，但她早早就想好自己畢業後要開一家早午餐店，所以打工時也是選早午餐的店家，賺了錢都沒花掉，統統存起來當創業基金。

前陣子，阿拉跟銀行貸了款，端午都還沒到，她的早午餐店已經在裝潢了。

「眞好啊！」

吃完飯，阿拉帶著舒春安到工地轉轉，工程進行到一半，現場都還是木板跟工具，漫天的灰塵，揚得都看不清路。

她們就站在門口看著，沒有進去打擾工人們。店面的對面是一個小公園，她們看了一會之後，就躲到公園的樹蔭下去。

「怎麼樣？妳畢業後要不要回來幫我？」阿拉靠在樹上，雙手插在口袋裡，「我算妳

股東，扣掉成本之後三七分。」

四年過去，阿拉已經是個帥T了，又很有自己的規畫，整個人散發出一種魅力，舒春安都差點不認得她了。

「這麼大方？」舒春安笑，又偏著頭想了想，「畢業後啊……我還沒想到耶。」

阿拉瞄了她一眼，「妳不想回來？」

「我家是還好，也沒有要我一定得回來。」

阿拉聽了沒接話，反倒問：「那妳跟虞清懷怎麼樣了？」

舒春安無奈地聳肩，「不知道。」

「啊？有在一起跟沒在一起，這還能不知道？」

舒春安苦笑。

「我就在想，在一起的定義是什麼？我們常常一起吃飯，可能也算是約會吧？有時他會牽我的手，有時我牽他的手，他也不會拒絕。偶爾他會抱抱我，我也會抱抱他。可是我們之間沒什麼承諾，而且每次只要我不主動聯絡他，他就不會找我，好像有我沒我對他來說一點都不重要……」

「是喔。」阿拉「嗯」了聲，「所以你們的進度只有到牽手抱抱？」

舒春安臉紅著拍了下她的手臂，「對、對啦！」

「哦……」阿拉拉了個長音，「你們都認識六、七年了，這種進度難怪妳會懷疑，換成是我也懷疑。」

「不是啦！」舒春安急得跳腳，「我不是因爲這樣才懷疑的！」

阿拉低低地笑，好半晌才說：「其實你們高中的時候，我一直覺得是虞清懷先喜歡妳的。」

「啊？」舒春安有些茫然。

阿拉又道：「我到現在都還記得他走上臺幫妳解圍的事，還有你們總是一起念書，他常常安靜地看著妳。」

「我怎麼不曉得？」

「因爲妳老是跳來跳去、吱吱喳喳的，跟麻雀一樣。」阿拉白了她一眼，「說實在的，妳跟虞清懷就是兩個世界的人，他隱忍少話，妳卻什麼都寫在臉上，還怕大家不知道。」

舒春安傻笑，「幹麼這樣說我！」

「我只是想說，每個人表現愛的方式不一樣，或許虞清懷也很喜歡妳，只是他有他的顧慮。」

舒春安眨了眨眼，像是在深思。

「所以妳覺得他也喜歡我？」

「現在我不確定，我很久沒見到他了。」阿拉頓了頓，看著舒春安的眼睛，「不過高中的時候，我覺得他喜歡妳。」

舒春安笑起來，給了阿拉一個大大的擁抱，「謝謝妳，我明白應該怎麼做了。」

阿拉嘆了口氣，「奇怪，我明明是希望妳回來跟我一起開店的，怎麼反而把妳推到虞清懷身邊了？」

「妳又知道我要去他身邊了？」

阿拉挑眉，「不然妳要回來嗎？」

「不要。」舒春安燦笑，一秒也不遲疑，「我要留在他身邊，直到他說他不喜歡我爲止。」

「這樣不累嗎？」阿拉突然問。

舒春安思索了片刻，搖搖頭，「我上大學的時候，就曾經對自己說，如果我主動一點，能讓他感覺我們兩個可以有未來的話，那我主動一點也沒差。也許人總是不滿足的吧，得到了就想要更多，其實我們現在這樣也已經很好了。」

「是嗎？」阿拉不太確定，但還是拍拍舒春安的肩膀，「那妳加油，希望你們可以修成正果。」

舒春安看阿拉說這話的時候，臉色略顯沉重，於是問：「妳心情不好嗎？」

阿拉笑了笑，並未回答。

兩人又閒聊了一會，才各自回家。

回到自己家中，舒春安坐在房間裡，有些懷念。

她向來不太喜歡念書，可是高三那年因爲想跟虞清懷念同一間大學，簡直是卯起來念，雖然最後也沒成功。

「難道，他是因爲這樣才不跟我在一起嗎？」舒春安喃喃自語。

她翻著架子上的東西，這些物品多半是高中時期留下來的，她考上大學後就搬到了學校宿舍，架子上的東西也沒人動過，就這樣原封不動地保存下來。

像是把她當時的心情也封存了。

夕陽餘暉慢慢地灑進房間裡，她托著腮，腦袋裡面一下子是高中時代的虞清懷，一下子又是現在的虞清懷。

仔細想想，她現在二十一歲，跟虞清懷卻已經認識了將近七年，她的人生裡有三分之一都是他，他也是。

他們都認識這麼久了，她捨不得放棄，也不想放棄……

正這麼想著，手機忽然震了下，她拿起來一瞧，是虞清懷的訊息。

虞清懷：跟阿拉聊得怎麼樣？

舒舒舒春安：還不錯啊，她要自己開店了，想找我回來幫忙。

虞清懷：是嗎？恭喜她。

舒春安偏著頭。所以虞清懷這是贊成她去，還是不贊成？

如果她回老家跟阿拉一起，她跟虞清懷就更不可能了，畢竟他不喜歡遠距離。

虞清懷：妳什麼時候回來？

舒春安睜大眼，看著這行訊息。大學四年，這是第一次她回家的時候，虞清懷問她什麼時候回去。

舒舒舒春安：明天吧，今天要跟我爸媽吃晚餐。

虞清懷：好。

這又是什麼意思？

好？好什麼？

虞清懷：明天我等妳吃晚餐。

看到這行字，舒春安忍不住笑開了臉。

其實虞清懷也喜歡她，並不希望她回老家吧？

舒舒舒春安：好。

她附上一張可愛的貼圖，就怕虞清懷感受不到她的欣喜。

說也奇怪，每次、每次，只要她感覺很累，累得想放棄的時候，虞清懷就會做出一些讓她又充滿幹勁的舉動。儘管微不足道，可是對她來說已經足夠了。

有時她會覺得，她跟虞清懷的關係就像放風箏一樣。

每當她想飛遠的時候，虞清懷就會拉拉手上的線，把她拉回來。

才五月中，舒春安就找好了房子，學校宿舍可以住到六月底，畢業典禮結束後再來搬家都還有時間。

她的新居是一間套房，六坪大小，含衛浴，在虞清懷的學校附近。

虞清懷大二時就決定要讀研究所，後來因爲成績始終相當優秀，就直接保送研究所了。所以舒春安找房子的時候想也沒想，就直接選在他的學校附近。

反正有捷運，到哪裡去都方便。

她再也不想像以前一樣，來回要花上兩個小時了。

在學校住了四年，就算是住宿舍，舒春安仍舊累積了不少個人物品。虞清懷特地來幫她搬家，她把課本什麼的都留給了學弟妹，但整理完也有整整兩大個行李箱。

「妳東西怎麼這麼多啊。」兩人上了捷運，虞清懷忍不住半是抱怨地說。

「住了四年，東西能不多嗎……」舒春安心虛地答。

到了新家還要把物品都安置好，然後去賣場買一些必需品，可是她很開心，總算可以到虞清懷身邊了。

想到未來，她就覺得充滿希望。

一個多小時的路程，兩人終於抵達了新居。

屋子裡只有簡單的桌椅、衣櫃跟一張雙人床，牆上有臺電視，這就是房間裡的所有東西了。

「妳要怎麼放東西，這裡什麼都沒有，起碼也要幾個三層架吧？」虞清懷環視一圈，「另外可能還需要電扇？這麼熱。」

這短短的幾分鐘，他已經流了一身汗。

舒春安想了想，「要不我們先去吃午餐，然後再去大賣場？」

虞清懷點點頭，「不過我晚上有事，五點就得先走。」

舒春安有點意外，她原本以爲住得近了，兩人相處的時間就會變多，現在看來好像也不是如此。

他一樣有自己的事要忙，不會總是跟她在一起。

「好。」舒春安瞧了眼時間，「那我們出發吧，晚點你要走就先走，我可以自己整理。」

虞清懷看了她一眼，那失落的表情都落在他眼裡。

他手指動了動，想做點什麼，不過終究沒有，僅是催促她，「那快點出門吧。」

「好。」舒春安背上隨身包包，拿起新家鑰匙，跟著虞清懷出門了。

兩人去附近吃了碗麵，之後直奔大賣場，先在家具區挑了兩個三層架，接著才慢慢逛起來。

虞清懷推著車，舒春安在心裡盤算著還要買些什麼。

「這麼說來，妳找到工作了嗎？」

「找到了，在附近的早午餐店工作。」舒春安揚揚嘴角，「我也沒有什麼專業，好在有飲料店打工的經驗，餐飲業我還是可以的。」

虞清懷瞅了瞅她，「做餐飲很累。」

「我知道。」舒春安笑，「也沒辦法嘛，我跟你們這種用腦袋賺錢的人不一樣。幸好我體力不錯，而且大概習慣了就沒問題，之前我在飲料店打工的時候，一開始也很累，後來就覺得還好了。」

兩人又往前走了一段，虞清懷忽然問：「妳以前高中時說過要開飲料店，現在還是這麼想嗎？」

舒春安偏著頭，「應該是吧，畢竟我也不曉得我能幹麼，先去別人店裡工作，了解別人是怎麼做的，然後再看看情況。」

「開店基金呢？」

「真不虧是念財金的，三句話就問到了關鍵。」舒春安低低笑了幾聲，「且戰且走吧，以前我打工都能存到錢了，現在做正職可能更容易？」

虞清懷「呵」了聲，沒有接話。

舒春安還是太過天眞，以前當學生住宿舍，水電等費用都便宜，生活費也有父母出，現在一切全得靠自己，頭兩三年只會更拮据。

可他不願意在這種時候對舒春安這麼說，如果她終究將體會到其中辛苦，那自己也不是一定要當這個壞人不可。

挑好物品，兩人結帳出了賣場。

買的東西多半不輕，幸好有虞清懷幫忙，否則舒春安一個人肯定搬不動。

回到租屋處，虞清懷自動自發地組起三層架，舒春安則是開始把家當從行李箱裡拿出來安置。

等架子組好，虞清懷將一些瑣碎的小東西放到了架子上。

「妳都買些什麼怪東西啊？」虞清懷無奈地打量著手中的玩偶，「這不是小孩子才會喜歡的嗎？」

舒春安湊到他身後，從他肩膀後面探頭，「哦哦，這個是我在地下街轉到的扭蛋，覺得很可愛就留下來了。」

「爲什麼要浪費錢轉扭蛋？」虞清懷更無奈了，「這都能喝一杯飲料了。」

舒春安忍不住激動，「你不懂啦！」

虞清懷回身，見到舒春安跪在原地，臉上紅撲撲的，「飲料是身體喝的，扭蛋是心靈需求啊！」

看著她那麼認眞的表情，虞清懷心頭一軟，忍不住在她唇上啄了一下。

舒春安瞪大眼睛，嚥了口口水，「爲什麼……親我？」

虞清懷沒說話，他的喉頭緊得連聲音都發不出來。

舒春安無辜又困惑地眨眼。

看起來，好可愛。

虞清懷壓抑不住對她的渴望，一手撐在地上，一手放在她腦後，讓她避無可避地，接受了他的深吻。

他纏著她小巧的舌尖，吸吮她的唇瓣，掠取她嘴裡的芳津。

這個吻持續很久，直到舒春安都有點頭昏腦脹了，虞清懷才放開她。

舒春安眼裡泛著水光，雙唇也紅而濕潤，她慢慢地眨著眼，注視著虞清懷的目光迷離而茫然。

虞清懷輕輕摩挲著她的臉頰。

「妳喜歡我喜歡到不可自拔了，是嗎？」他的嗓音低沉，明明剛剛深吻過的，卻透出一點誘人的禁慾感。

舒春安連耳垂都微微紅了。

「妳終於來了。」

虞清懷的手從舒春安的臉頰，慢慢地移到她的耳垂上，輕輕揉著，而後沿著細緻的頸項滑了下來，離開了她的身體。

舒春安鬆了口氣，卻又隱隱有些失落。

她原本以爲會發生什麼的。

「收東西吧。」虞清懷起身，「借個廁所。」

「哦，好、好。」

舒春安望著虞清懷離開的背影，直到門關上之後才出了一口長氣。

她垂下肩，深深地又吸了一口氣。

這樣到底是好還是不好？

不是都說不要在感情關係還沒確定的時候發生肉體關係嗎？可是他們算是沒有確定關係嗎？

舒春安的腦袋亂成一團，她是希望可以發生一點什麼的，卻又隱約感覺到危險。

算了，先收房間吧。

舒春安起身走回衣櫃前，慢慢地收拾自己原本收到一半的衣服。

接下來的幾個小時，兩人各懷心事，聊起天來有一搭沒一搭的。直到四點多，虞清懷看看時間差不多了，起身要走，舒春安便送他到電梯門口。

她有點想問虞清懷晚上有什麼事，又覺得自己好像不該問。

「晚上……」

「嗯？」舒春安抬頭。

「忙完後我來找妳。」

「啊？好、好、好啊。」舒春安緊張得結巴。

「如果妳想吃什麼消夜或是喝飲料的話，可以傳訊息給我，我幫妳買來。」

話音才落，電梯門就開了，虞清懷走進去。

他看著她，「回去吧，記得吃晚餐。」

舒春安臉上帶著笑意，「好。」

整理完房間，天色已經完全暗了。

舒春安沖了個澡，拿著錢包出門吃晚餐。

回來的路上經過內衣專賣店，她看著裡頭，思考了好幾秒，有點不好意思，不過還是鼓起勇氣踏了進去。

雖然不想承認，但如果今晚眞的發生了什麼，她卻穿著舊的內衣褲，她……她一定會後悔的。

「小姐，您好，想找什麼嗎？」

店員走過來，溫柔地問。

舒春安紅著臉，搖了搖頭，「我自己看看。」

「好的。」

眞的進來後就沒這麼緊張了，舒春安的目光在各式內衣上掃來掃去。

她既不想沒有準備，又不想讓虞清懷察覺她有所準備，所以太鮮豔、太奪目的款式就先跳過了。

最後她挑了一套粉藍色的內衣褲，邊緣綴著一點蕾絲，優雅又不失可愛。

選好之後，店員量了她的胸圍，拿了適合她的尺碼出來。大概是看出舒春安有點緊張，店員也沒跟她多聊些什麼。

走出內衣店，舒春安慢吞吞地回到家。

她先是發了會呆，然後才抱著新的內衣褲去洗了澡。吹乾頭髮後，也不過才八點多。

等待的時間令她焦躁，不知道自己該做些什麼，又覺得什麼都不做捱不過這段時間。

她本來就不擅長忍耐，想到什麼就會立刻去做，眼下這種情況對她來說簡直就是極刑。

她先是在電腦前看了一下影片，影片還沒看完，又跑到床上去滾了滾，而後煩躁地從床上起來，坐到地板上。

這麼反覆了幾遍之後，舒春安大叫一聲，拿著鑰匙跟錢包再度跑了出去。

虞清懷拎著燒烤回來，站在門前打了電話給舒春安。

他等了好半晌，舒春安才替他開了門。

一進門，虞清懷就皺起眉頭，「妳喝酒了？」

舒春安臉上紅撲撲的，她重重地點頭，帶著一點委屈說：「我一直在等你。」

虞清懷無奈地扶著她，被她身上的酒氣薰得把眉頭擰得更緊。

「妳到底喝了多少？」

舒春安笑嘻嘻地伸出手，比了個數字，「這樣。」

虞清懷嘆氣，「等我也不必喝酒。」

兩人進了房，虞清懷打量著地上散落的空罐。其實舒春安喝得不多，應該是平時沒什麼喝酒的習慣，一下子就醉了。

舒春安拿起一罐酒給虞清懷，「你也喝。」

虞清懷沒有拒絕，但接過啤酒之後，便左手換右手地放到地上去。

他注視著面前的舒春安，搖搖頭，「借一下浴室，我洗個澡，一身的汗。」

舒春安點點頭，指著他提來的燒烤，「這個我可以吃嗎？」

虞清懷瞧了眼，「可以。」

舒春安一下子笑開了，「我會、留給你的。」

「不用，就是買給妳吃的。」

虞清懷說完，從自己的包包裡拿出替換的衣服，走進浴室。

他當然有所準備，所以才會帶上換洗衣物，只是他沒想到舒春安會把自己灌醉……

虞清懷再次嘆氣。

才剛洗完頭，浴室門就被用力拍了好幾下，虞清懷嚇了一跳，連忙抽過浴巾圍住下半身，然後打開門。

舒春安衝進來，沒看他，抱著馬桶就狂吐了一波。

空氣中瀰漫著沐浴乳的香氣，結合嘔吐的酸味，混成了一股讓人哭笑不得的氣味。

舒春安吐完之後，腦子清醒了一點，不過整個人還是暈乎乎的。她按下馬桶的沖水鍵，低著頭走到洗手臺邊，雙手掬起水漱了漱口。

「對不起……」

她一邊低低地道歉，一邊抬頭看虞清懷。

見到他裸露的上身，舒春安愣了幾秒，完全反應不過來。

「出去。」虞清懷咬著牙說。

舒春安眨了幾下眼睛。

「出去。」

虞清懷依舊咬著牙，但心平氣和地又說了一次。

舒春安總算反應過來了，連忙飛也似的跑掉。

跑出浴室，舒春安癱坐在地上，腦子裡頭糊成一團，深深地吸了幾口氣，還是沒能平復自己崩潰的心。

她很想尖叫，可是又怕嚇到虞清懷，這一口氣憋在胸口，吞不下去也吐不出來。最後沒辦法，她又拉開一罐啤酒灌了幾口，這才回過神。

想起剛才的畫面，舒春安的臉像是要炸開一樣的熱。

這時候，虞清懷從浴室走出來了。

他身上還帶著一點水氣，頭髮也濕淋淋地滴著水。

舒春安看著他，「對、對不起啊，我不是故意的……」

虞清懷瞥了她一眼，用浴巾把自己的頭髮擦了個半乾。

「妳也沒看到什麼。」他席地而坐，拉開一罐啤酒喝了幾口。

舒春安的思緒又清楚又混亂，明明她平常也是這樣跟虞清懷相處的，可是現在就是感覺特別彆扭。

這種彆扭感促使她覺得自己必須說點什麼緩解。

「你今天晚上去做什麼了？」

「寢室約吃飯，有幾個人沒打算念研究所，所以準備去當兵了。」虞清懷仰頭再喝了一口，冰涼的啤酒下肚，方才的煩躁頓時消失。他抽出一串燒烤吃了幾口，「明天我們去買電扇，沒電扇只有冷氣還是有點悶。」

今天先買了三層架，兩人一次提不了這麼多東西，電扇就只能明天了。

「哦，好啊。」聊了幾句，舒春安也不那麼緊張了。她往後躺，背靠在床邊，腦子裡頭亂七八糟地跑過許多訊息，酒精似乎又開始發揮作用。

「爲什麼要喝酒？」虞清懷問。

舒春安「啊」了聲，沒有回答這個問題，反倒說：「那天我跟阿拉吃飯，阿拉說，每個人表現喜歡的方式不一樣，所以我決定要留在你身邊。」

「什麼跟什麼……」虞清懷被舒春安這幾句根本沒有前後邏輯的話說得一頭霧水。

儘管沒搞懂推論過程，可結論他是明白的。

舒春安說，她會留在他的身邊。

「……為什麼？」他的嗓子又宛如被什麼東西給塞住了，說話都有點困難，「為什麼要留在我身邊？」

舒春安偏著頭看他，用一種理所當然的口氣，「因為我喜歡你。」

「妳，是清醒的嗎？」虞清懷問。

他當然曉得舒春安喜歡他，否則大學四年，為什麼她要常常花一個小時的車程來找他？只是如今聽舒春安又親口說了一次，他心裡依舊震撼。

「我當然是清醒的啊。」舒春安搖頭晃腦的，顯然不怎麼清醒，「阿拉說，高中的時候是你先喜歡我，所以現在我可以先喜歡你。」

虞清懷瞬間有些醒了，問：「高中是我先喜歡妳的？」

「我不知道，是嗎？」舒春安無辜地睜著雙眼。

虞清懷哼笑，「看來是大家都這麼想。」

舒春安疑惑地偏頭，「大家是誰？」

「沒什麼。」虞清懷注視著面前的舒春安，「妳跟我真的是完全不同的兩類人。」

「什麼意思？」

平常沒醉的時候，舒春安就很難弄懂虞清懷的想法了，更別說是現在醉得離不省人事只差一步的時候。

虞清懷靜靜地看著她。

有時候見她這麼開心，他心裡都會不太平衡，有種「妳到底憑什麼過得這麼開心」的想法。

明知道舒春安是天性樂觀，哪怕有什麼困難也不會太放在心上。

虞清懷長長地出了口氣，欺身上前，低低地問：「那就算是我先喜歡上妳的，妳又打算怎麼辦？」

舒春安咬著下唇，「你靠得好近。」

他抬手用指背滑過舒春安的臉龐，「妳不希望我離妳近一點嗎？」

舒春安沒說話，她不知道該怎麼回應這個問題。

虞清懷也沒有想要聽她的回答，直接以吻封住她的口。

一吻方休，舒春安感覺自己有些喘不過氣，她迷茫地睜開眼睛。

虞清懷呼出的氣息落在她頰邊，那處肌膚像是有火星落在上頭，熱燙燙的。他慢慢起身，關掉了房裡的燈，只留下浴室透出的燈光，照得整個房間晦暗不明，慾望卻伸手可及。

舒春安又拿起手邊的啤酒喝了好幾大口，才剛放下，手裡的酒就被虞清懷拿走。

他也仰頭喝了一口，舒春安瞧著他，還沒反應過來，就見他又欺上來，吻上了她的唇。

他的唇有點冰涼。

正當舒春安這麼想著的時候，他飲下的那一口酒慢慢渡了過來。

原本沁涼的啤酒經過他的口，染上了他的體溫，變得微溫。她應該要覺得有點噁心，可是卻有股燥熱從體內升起。

她嚥下虞清懷渡過來的啤酒，只要一想到這些酒水是從虞清懷的口中而來，她就渾身發熱。

等最後一滴啤酒被她嚥下，緊接而來的是虞清懷的舌頭。

他纏著她的舌尖，不允許她退縮。

虞清懷的手從她的衣服底下探入，沿著腰際而上，他的指尖輕輕滑過肌膚，這種感覺令舒春安感到陌生。

舒春安緊張地隔著衣服握住他的手。

「不願意嗎？」

他的聲音略顯嘶啞，聽起來像在忍耐著什麼。

舒春安透過微弱的燈光凝視著虞清懷，腦子裡一片混亂。

她不願意嗎？

她願意，可是……

虞清懷沒有催促她，只是看著她的眼睛，安靜地看著她的眼睛，彷彿能透過她的雙眼看見她心中的想法。

她被虞清懷看得有點不好意思，慢慢別過臉，露出了細緻的頸項。

虞清懷低頭輕吻著她的頸側，引起了她一陣陣的戰慄。

「妳慢慢想。」

說完，他含住了舒春安小巧的耳垂，溫柔地舔拭著。

舒春安的腦子頓時宛如斷電了一樣，完全無法思考，下意識抱住了虞清懷。

不管了，至少這一刻不能錯過。

「舒春安，起床了，要中午了。」

虞清懷坐在床邊喊她。

舒春安迷迷糊糊地睜開眼，第一個感覺到的是，頭好痛。

「好痛啊……」舒春安抱著頭。

虞清懷遞了一杯溫水過來，「妳要自己喝，還是我餵妳？」

舒春安低著頭，沒怎麼深思便說：「你要怎麼餵我？」

虞清懷並未接話，舒春安等了半晌沒等到回應，困惑地抬起臉時，虞清懷一手壓著她的腦袋就吻上了她。

清涼的水從他嘴裡流進她的口中，舒春安嚥著水的同時，昨晚的記憶也逐漸回籠。

臉上熱度竄升，舒春安的臉龐迅速發紅起來。虞清懷餵完水，瞥了她一眼，「想起來了？」

她幾不可察地點點頭。

「我想，去廁所。」舒春安小聲說。

「妳去啊。」

「那你，可以幫我拿浴巾過來嗎？」舒春安低著頭，她不用像電視劇裡那樣拉開被子看，也曉得自己未著片縷。

「昨晚都看過了，妳還害羞啊？」虞清懷故意調侃，不過仍是把浴巾遞給了舒春安。

「你不、不要說……」

舒春安搶過浴巾圍在自己身上，飛也似的跑進浴室。

虞清懷坐在一旁愜意地滑著手機，等待舒春安出來。

舒春安在浴室裡注視著鏡子裡的自己，有些迷惘，又有點高興。原來是這種感覺啊，跟自己喜歡的人上床。

她的唇邊有著掩飾不了的笑意，這種感覺她很喜歡。

舒春安很快梳洗好，才想到自己沒有拿替換的衣服進來。

糾結了幾秒，她還是只能出去拿衣服。

虞清懷正等著，就見舒春安從浴室衝出來，下一瞬間拉開衣櫃的門抓了衣服，而後又躲回浴室。

他笑了下。眞像一隻松鼠。

有點可愛。

過沒多久，舒春安從浴室裡出來了。

她臉上還帶著點紅暈，把浴巾拿到陽臺去晾。

「好了？」虞清懷起身，「那我們走吧。」

「好。」舒春安壓抑著自己激動的心情，強迫自己保持冷靜。

虞清懷瞥了眼床，「吃完午餐，我們去買電扇跟床單。」

「床單？」舒春安困惑地複述，「爲什麼？」

虞清懷朝她使了個眼色，舒春安順著他的目光看去，只見床單上留有一灘暗紅色血漬。

她傻了好一會，不知道是要說這可以洗一洗，沒必要買新的，還是要說別的？

舒春安腦子裡塞滿了各種念頭，直到虞清懷又在她唇上啄了一下，「想什麼？」

大概是昨晚越過了最後一條防線，虞清懷對她的態度跟先前完全不同了。這種轉變讓她安心，他們的關係本來就理所當然要因此改變才對。

她笑了下，「在想買什麼花色好。」

「到了賣場再挑就好。」虞清懷推推她，「走吧，餓了。」

「好。」

舒春安走到大門前，穿好了鞋。

臨開門的那刻，她問：「那我們，現在算是什麼關係？」

之前她沒問，是因爲爲了一個吻追問這種事，好像氣度很小一樣。

可是現在她能問了吧？

虞清懷沉默了一會，舒春安轉頭看他，見到他的表情，一種隱約的不妙感在心中蔓延。

「大約就是……朋友？」

聞言，舒春安的心頭像是被插了一把利刃。

她甚至覺得自己的指尖在發顫。

都這樣了，還只是朋友？

舒春安害怕自己是不是誤會了他的意思，於是顫著聲問：「上過床的朋友？」

「就是，妳依然保有妳的交友空間，我也是。」

舒春安看著表情平靜的虞清懷，不能明白他是怎麼把這句話說出來的。她很想像網路上的某張梗圖一樣，問他，你的良心不會痛嗎？

可是這一刻，她不想輸，不想投降，也不想哭。

於是她誇張地笑了，「哦，開放性關係嘛，可以啊。」

眞的可以嗎？

她不知道。

她只知道她連一點點的介意都不想被虞清懷看出來。

她不想流露出自己很在乎他的樣子。

「那我們走吧，吃點什麼？」舒春安木然地彎著嘴角，開了門，「我很少在這附近吃早午餐，你有推薦的嗎？」

舒春安幾乎能看見，躲在心臟裡的那個痛哭失聲的自己。

那個她哭得多慘啊。

可是表面上她仍得強裝著笑容。

彷彿這種事就是這麼理所當然，她才不會因此就受傷。

吃完飯，兩人去逛了賣場，把需要的物品都買回家之後，虞清懷就說自己有事先走了。

他走的時候是傍晚時分，夕陽黃澄澄地掛在窗外。

舒春安轉頭凝視了好一會，直到手中一片濕潤，才察覺到自己哭了。

爲什麼？

爲什麼呢？

是她哪裡不夠好嗎？

舒春安閉著眼，卻止不住淚水。

那麼那麼痛，每心跳一次，她就能感覺到插在心上的那把刀震動了一下，每震動一下，就有鮮紅的血液流出來。

她坐在地上，抱著雙膝，任憑眼淚不停地流。

夕陽墜入地平線以下，天空再也沒有一絲光線。

黑暗的房間裡，只有她的啜泣聲，只有她陪伴著自己。

平日早午餐店大多營業至下午兩點，兩點後就開始打掃收拾環境，一般來說要收到三點多才能完全整理乾淨。

舒春安頭一個月的班都是早上五點半上班，但就不用幫忙收店。

從五點半一路忙到下午一點半下班，即使店裡供餐，舒春安總是累得沒胃口吃東西。

回家倒頭就睡，睡到傍晚才起來吃晚餐，一個月下來瘦了兩公斤多。

好在店長跟同事人都不錯，對新人挺照顧，有時候還會主動叫她去休息一下。

睡了一覺起來，舒春安在床上伸了個懶腰。

「妳醒啦？」一道熟悉的清冷嗓音從書桌那頭傳來。

舒春安不意外，翻身坐起。

她盤腿坐在床上，順了順自己凌亂的頭髮。

「你來了。」

「嗯。」虞清懷轉過身，「來一會了，看妳還在睡就沒吵妳。」

舒春安點點頭，還有點睏。

虞清懷坐到床邊，在她唇上輕輕啄了一下，「這麼累？」

舒春安如今已經很習慣他的親近了。

雖然一開始情況跟她想的不一樣，不過如今一切似乎都在漸漸變好。

除了兩人的關係依然沒有確定下來之外。

「我五點就起床，當然累啊。」舒春安說完，又打了個大呵欠，「你吃晚餐了嗎？」

「還沒。」虞清懷一隻手撐在舒春安身後，另外一隻手輕鬆地放在身旁，「想吃什麼？」

舒春安望了一眼窗外，時節正值盛夏，都六點了太陽還沒下山。

「簡單一點的東西吧，很熱。」舒春安想了想，「港式料理？」

虞清懷向來對吃什麼沒什麼意見，「好啊。」

他起身，走到書桌前整理物品，舒春安也慢吞吞地下了床，踏進浴室略微盥洗。下班後她就把妝卸了，現在也懶得再化一次，於是洗了把臉就出來了。

虞清懷也收好了東西，舒春安背起自己的包包，「走吧。」

兩人一起出門，一路閒聊著到了港式餐廳。

「所以就算是暑假，你們也得開始meeting了？」

坐定位之後，舒春安一邊瀏覽菜單一邊問。

「嗯，我早就找好教授了，所以沒暑假好放，畢業前我就在教授的研究室跟學長姊一起上課了。」虞清懷淡淡地說。

「眞不可思議。」舒春安撇撇嘴，「我大概沒辦法像你那樣念書，只能做付出勞力的工作了。」

「我看妳也沒覺得怎麼樣。」虞清懷似笑非笑。

舒春安倒是不介意，她聳聳肩，「什麼工作都一樣，能養活自己就好，我媽說的。」

虞清懷不置可否。時薪一百五十八跟時薪一千五百八，怎麼可能會沒有差異？那都是自欺欺人的說法而已。

什麼快樂最重要，不過是得不到高薪的人用來安慰自己的話。

舒春安點了幾道菜，而後把菜單推到虞清懷面前。虞清懷瞥了一眼，又補上幾道，接著拿到櫃臺去結帳，回來的時候報了一個數字給舒春安。

兩人吃飯習慣平攤費用，雖然不會算得太仔細，但很少有誰請誰吃飯的事。

舒春安拿出錢給虞清懷，又問：「總有一些人是靠考試進研究所的吧，那他們怎麼找教授？」

虞清懷聳聳肩，「各憑本事嘍。」

「哦……」

飯後，兩人到賣場補了些日用品跟點心飲料，然後一起返回租屋處。兩人都流了一身汗，一回到家，舒春安就連忙拿了衣服去洗澡。

當她渾身清爽從浴室出來時，虞清懷早已把剛才買的東西都收好了。

舒春安坐在地毯上擦著頭髮，虞清懷看了一眼，拿出吹風機自動自發地幫她吹起頭髮。

熱風呼呼地吹，因爲吹風機的聲音太大，所以兩人在這種時候幾乎不會說話。

但舒春安很喜歡這種時候，安安靜靜的，卻十分親近。

有時候她會想，如果能一直這樣過下去，有沒有確認關係這件事，對她來說還是不是這麼重要？

他們現在就像一般的同居情侶，她去上班、他去上課，等到晚上，他們一起吃了飯，便去附近的賣場逛逛，一起聊天，相擁而眠，當然也會做點激烈的睡前運動。

她喜歡這樣平靜的日子。

當然，很大一部分是因爲這個日子裡有他。

哪怕他不願意給她一個名分，她仍是覺得這樣的日子很好，好得她不敢再追問他什麼，怕他一氣之下拂袖而去。

愛情裡，害怕失去的人永遠都是弱勢的那方。

這麼一想，她又覺得心酸，覺得可笑，覺得自己可憐又可悲。

這些情緒混雜在一起，沉在她心底深處，她不願意面對，也不想改變，只想著過一天算一天，等到不行的時候再說。

吹風機的聲音停了。

虞清懷把吹風機擺到一邊，雙手放在舒春安的肩膀上。

「在想什麼？」

舒春安抬頭看他，淡淡地笑了。

她就連在想什麼也不能告訴他。

「發呆而已。」舒春安往後靠在他的腿上，滿足地嘆了一口氣。這樣就好。

虞清懷沒有追問，只是拍拍她的頭，讓她起來，「換我去洗澡。」

舒春安聽話地往前挪動，好讓虞清懷可以站起身。

她望著他的背影，忍不住想，如果剛剛他叫她讓點位置的時候，她胡攪蠻纏地抱住他，虞清懷會怎麼回應呢？

想著想著，舒春安自己笑了，別說她想不出來，事實上她也不敢這麼做。

舒春安苦笑了下，拿著自己的手機躺上床。

她滑著社群軟體，卻心不在焉，直到虞清懷從浴室裡出來，從背後輕輕環抱住她。

他的吻一下一下地落在她的頸間跟肩膀，她的心撲通撲通地跳著。

明明也不是第一次了，但每次虞清懷這樣，她總還是有點害羞。

她的理智只堅持到虞清懷含住她耳垂的前一刻，那之後，便是不可言說的事了。

一場酣暢淋漓的性愛有助於睡眠，舒春安這一覺睡得很好，一夜無夢。

當她醒來的時候，房間仍是暗的，鬧鐘還沒響。

虞清懷睡在她身旁，舒春安先是把自己的手機鬧鐘關了，而後藉著螢幕的微弱燈光注視著他。

有時候她也恨他。

她此生到目前爲止，遭遇的最大障礙就是他。

偏偏她又沒辦法對他狠心，說不出「不交往就再也別聯絡」這類的話。

畢竟他們都認識這麼久了，虞清懷是什麼樣的人，她一清二楚。當初是她自己親口同意什麼開放性關係的，現在再拿這點說事，總覺得連自己這關都過不去。

至於心裡的那點小小的失落跟情緒，就讓她自己處理好了。

舒春安深深吸了一口氣，俯身在虞清懷嘴上啄了一下。

情不知所起，一往而深。

等注意到自己有多深情的時候，多半已經不能回頭了。舒春安出了口長氣，悄悄拿著衣服進了浴室。

虞清懷在浴室門關起來的那瞬間，睜開了眼睛。

他一向淺眠，舒春安每天幾點醒來他都曉得。

只是有時候還想睡，也不想跟舒春安說話，於是裝睡而已。

他當然不是不明白舒春安的心意，但也許是過去的事情讓他心生芥蒂，總不想承認自己也喜歡舒春安，彷彿這樣就輸了。

又也許是他還在期待，會不會有比舒春安更好的女孩出現。

舒春安長得可愛，個性也不錯，可終究已經是他的囊中之物，他想再等等，等會不會有更適合他的人出現。

嘶——

舒春安抽氣，扶著腰，頗爲痛苦地撐著牆。

下腹部又痠又痛，她還有點想吐。

十月國慶連假，接連好幾天都忙得要命，從早上八點一直到下午一點，早午餐店天天人滿爲患，她已經受店長請託連續加班好幾天了。

「舒舒，妳不舒服啊？」

大家都很忙，但店長看見她臉色慘白，還是連忙過來關心她。

要是在平常，她肯定會說自己沒事，但她覺得自己恐怕撐不下去了。

舒春安點點頭，「不知道怎麼了，肚子又痠又痛，頭也痛。」

店長伸手摸了摸她的額頭。

「妳在發燒耶。」店長神情擔憂，「妳先下班去看醫生吧。」

「可是……」舒春安環顧滿場的客人，「這樣大家忙不過來吧？」

店長拍拍她的肩膀，「妳這樣也幫不上忙啊，我還得擔心妳會不會把盤子摔了。」

舒春安摸摸鼻子，「也是……」

「去吧，記得拿假單，有藥包就可以請病假了。」

舒春安點點頭，壓抑著想吐的感覺，換下了制服，扶著快痛炸的頭從後門離開。

她一時間不知道應該看什麼科，所幸這是一個凡事問google的時代，她在瀏覽器輸入了關鍵字後，查到了自己可能是膀胱炎，可以看婦產科或是家醫科。

附近正好就有一家婦產科診所，舒春安慢慢地走進診所，幸運掛到了上午門診的最後一號。

一番診斷下來，醫生開了抗生素給她，要她一定得定時吃藥。拿了藥離開診所，舒春安覺得自己頭更昏了。

膀胱炎發燒不說，她居然還血尿，從小到大她的身體一直都很健康，從來沒經歷過這種狀況。

回家途中，舒春安買了點東西當午餐，打算吃過之後再吃藥。

只是回到租屋處，真正鬆懈下來之後，舒春安躺在床上，只覺得渾身一點力氣都沒有。

病了啊……舒春安的手臂蓋在眼睛上，雖然突然，不過她又不太意外。

她深吸一口氣，慢慢吐了出來。

她好幾天沒見到虞清懷了，不曉得他在忙什麼。

開學之後，他變得更忙了，並不常來找她。偶爾過來也是週末晚上，宛如專程來跟她上床，隔天吃完午餐又會離開。

她自知沒什麼資格跟他抱怨，畢竟兩人不過就是開放性關係，他要來要走，並不歸她管。

可這樣的日子，她確實慢慢地難以忍受。下班之後，空無一人的房間，安靜得連自己的呼吸聲都像是噪音。她想找他聊天，可是不管說什麼都像在吵他，他總是不耐煩，想匆匆結束對話。

她也想進入他的世界，然而無論是什麼石油價格還是黃金價格，或是日K線、週K線，她全都聽不懂。

她曾經努力想搞懂，但她苦苦地在後頭追趕，虞清懷並沒有打算等她。

他沒打算對她解釋那些名詞，也沒打算跟她分享他的生活、沒打算和她對話。

她被隔絕在他的世界之外，他的世界裡什麼都有，而她站在荒原之中，舉目無依。

少數能見到他的時候，都是他們要上床的日子。

她有時會想，他大概眞的挺喜歡她的身體吧，可是並不喜歡她。

她不快樂。

這樣的日子，她一點都不快樂。

她原本以爲自己只要努力一點、多付出一點，讓他的壓力不要這麼大，也許他們就有在一起的可能。

她想過，若搬到了離他近一點的地方，他們見面的次數就會增加。

現在看來，似乎並不是這麼一回事。

舒春安微微地彎起嘴角，卻感到鼻酸。

眼淚慢慢地從眼角滲出，沾濕了手臂，她恍若未覺。

她隱隱約約意識到，自己就站在崩潰的邊緣了，她想阻止這一切，卻不曉得該怎麼辦。

她不想跟虞清懷生氣，因爲這一切都是她自己選的，虞清懷從來沒有逼過她。不過這一切，又跟虞清懷息息相關。

她的所有渴求，都只跟他有關。

舒春安擤了擤鼻涕，爬下床從包包裡拿出手機。

好想見他，好想跟他說話，好想好想他。

她斟酌了好一會，在對話框裡輸入了許多文字，最後又一個字一個字刪掉，只發了最簡單的一句話給虞清懷。

原來面對眞正深愛的人時，會不知道該怎麼說話。

說得太重了，怕他也感到沉重；說得太輕了，又怕他不放在心上。

舒舒舒春安：我膀胱炎，發燒了。

虞清懷沒有馬上已讀，舒春安把方才買的食物拿出來，一口一口吃著。

手機忽然震了一下，她連忙拿起來看。

這一看，剛剛嚥下的食物瞬間像是在胃裡面翻滾一樣，她一時壓抑不住，衝到廁所馬桶前，「哇」的一聲把好不容易吃進去的食物都吐了個乾淨。

手機螢幕上還顯示著她跟虞清懷的對話視窗。

虞清懷：等妳死了再通知我。

舒春安吐到最後連膽汁都嘔了出來，馬桶內上下沉浮著綠色液體。

滿嘴又苦又酸，她眞的不明白，虞清懷爲什麼會對她說出如此惡毒的話。難道他只是在開玩笑，是自己玻璃心嗎？

是因爲自己生病，所以太脆弱了嗎？

她愣愣地坐在馬桶旁，發自內心不懂事情爲什麼會變成這樣。

是她做得不夠好，還是她不夠愛他？

舒春安閉著眼，靠到門板上。

地板很涼，寒意慢慢沁透了她的身體，沿著脊髓向上，蔓延到四肢百骸。

這種時候，她反而哭不出來了。

她盯著浴室的某個角落，那裡什麼都沒有。

就和她跟虞清懷一樣。

七年過去，她以爲能自己能獲得什麼？最終徒留難堪。

舒春安起身，洗了把臉。

走出浴室，她一口一口地把桌上放涼的食物吃完，然後吃了藥。

環顧這個房間，其實也沒多少東西，畢竟才搬來不久，角落都還堆著紙箱。

她一直想著要拿去回收，卻總是忘記，沒想到現在派上了用場。

她想笑，覺得這一切都荒謬無比，但陣陣劇痛的心臟卻在提醒她，這些都是眞的。

她把自己的東西都打包了，一箱一箱地堆在門邊，又一趟一趟地搬到超商去寄。到了傍晚，全部的家當都收拾乾淨了，只留下一個二十六吋的行李箱，裡面是她的隨身衣物、筆電跟一些日用品。

舒春安打了電話向店長辭職，店長雖然有點驚訝，但也沒多挽留，只說這個月的薪水會匯入她的戶頭。

掛上電話，舒春安渾身疲憊地躺上床。

看著黑暗的房間，她本來打算立刻就走，她明明可以立刻就走——只是，她心裡終究還是有些捨不得。

哪怕理智上已經果斷地把所有東西都寄回老家了。

「如果，今天晚上他來了的話，我就留下來。」

舒春安輕輕地對自己說。

她不知道他會不會來。

今天不是他會出現的日子，可是她都生病了，他不來嗎？

舒春安摸著自己的肩膀。

高中那時意外脫臼，她原本復原得很好，可是不曉得爲什麼，最近又開始痛了。

忙了一下午，又生病，舒春安躺在床上，沒一會就睡著了。

再次睜眼的時候，是被窗外的機車聲音吵醒的。她不覺得餓，肚子卻叫了。

舒春安瞧了眼手機，晚上十一點多。

虞清懷沒來，也沒傳來任何訊息。

舒春安又對自己笑了。

她不知道自己到底還在期待什麼，但她知道自己的希望一次次地落空、熄滅。

直到她再也提不起力氣，不敢再有任何期盼。

第二章

虞清懷坐在酒吧裡，注視著自己面前的雞尾酒，裡頭有一顆醃漬過的櫻桃，在澄黃的酒液裡載浮載沉。

剛結束一份小報告，又是週五晚上，研究所的同學說要來喝酒放鬆一下，他身爲小組的一員，自然不好拒絕。

酒過三巡，同學們都早就喝開了。

研究所的課業壓力很大，他們整天都有開不完的會、研究不完的資訊、寫不完的報告。他幾乎可以預見，等他畢業之後開始工作，日子也會跟現在差不多。

他沒打算離開金融業，所以與其抱怨不如早點習慣。

而事實上，他也不覺得這樣不好。

有時他會聽同學說，忙得都沒有自己的時間了，連跟男女朋友好好吃一頓飯都有困難，只能一起去巷口超商吃消夜當約會。

他只想說，他不需要自己的時間。

太多空白的時間只會讓他想起舒春安。

他明白她爲什麼離開，即使剛開始有些錯愕，但仔細回想，他就曉得舒春安離開，是因爲自己最後傳的那則訊息。

後來，他嘗試過聯絡舒春安，可是舒春安從來沒有回應。每一則他發的訊息，都是不讀不回。

於是他也不再聯絡她了。

難道舒春安的態度還不夠明顯？非得要她親口讓他滾，他才要死心嗎？

可是就算理智上這麼清楚，他仍總是在夜深人靜的時候，想起她。

兩年了，這兩年間他最常想起的，是穿著高中制服的她。

他們高中的女生制服是淡藍色上衣、深藍色裙子，看起來特別清爽。舒春安的衣服上總有淡淡的香味，以他對她的了解，不用問也知道這股香味一定是舒媽媽的手筆。舒春安才不會注意這種小事，她可能連自己衣服上有什麼味道都不曉得。

那時候，她就像一個明星一樣，在學校裡大家都認識她。她總是笑嘻嘻的跟每個人打招呼，彷彿從來不會有什麼事困擾她。

「虞清懷，我們要先走了，你要一起嗎？」大砲跑來拍拍他的肩膀，「在想什麼？」

虞清懷只說：「我再待一會。」

大砲是唯一一個知曉舒春安已經離開的人，不過他也不清楚舒春安離開的原因。

「在想舒舒嗎？」大砲問。

「沒有。」虞清懷否認，「我就是還想再休息一下。」

「好吧。」大砲頓了頓，又拍拍虞清懷的肩膀，走了。

他不清楚舒春安是爲了什麼而離去，但他不想輕易地下判斷。感情的事情本來就很難論對錯，而且他總覺得舒春安不是那種會毫無原因就離開的人。

大學四年，他常常見到舒春安來找虞清懷，可虞清懷對她總是不冷不熱的。他很佩服舒春安的毅力，也因此，得知他們分開後，他下意識就站在了舒春安那邊。

大家都走了之後，服務生請虞清懷坐到吧檯邊。

他一個人靜靜坐著，肩膀卻忽然被拍了一下。

他回頭，一股酒氣混著香水的氣味撲面而來，他還沒反應過來，對方便吻上他。

虞清懷皺了下眉，推開那人。

對方先是有點錯愕，而後眨了幾下眼睛，「啊……認錯了。」

虞清懷打開桌上的濕紙巾，擦了擦嘴，不想搭理她，沒想到，那女人直接在他身旁坐下。

「不好意思啊，這樣吧，你這杯我請。」女子攏了攏頭髮，「我是劉奇茵。」

她落落大方地朝虞清懷伸出手，笑問：「交個朋友吧？」

虞清懷瞥了她一眼，遲疑了一秒，輕輕握了下劉奇茵伸出來的手，「虞清懷。」

劉奇茵笑嘻嘻的，「剛剛抱歉啦，我以爲你是我朋友。」

「沒事。」虞清懷淡淡地說。

劉奇茵似乎喝得有五、六分醉了，她也不在乎虞清懷的反應有多冷淡，又問：「你怎麼一個人在這裡啊？」

「妳不也是一個人？」

「那不一樣，我很快樂。」劉奇茵說完，朝酒保招手，「阿K，這裡。」

阿K從另一頭走過來，「妳來啦？」

劉奇茵打量了虞清懷幾秒，「給他一杯天使的眼淚。」

虞清懷沒有拒絕，只是又瞧了劉奇茵一眼，「爲什麼是天使的眼淚？」

劉奇茵托著腮，「你一臉要哭要哭的，不就該喝眼淚嗎？」

大概是面對陌生人總是特別容易說出心事，虞清懷沉默了會，「但我不是天使。」

劉奇茵露出帶著一點了然的表情，「沒事，男人都不會承認自己是天使的。」

虞清懷被她這說法逗得笑了下。

此時，酒保送上調酒，清澈碧藍的酒液裡，漂浮著澄紅的紅石榴糖漿。

虞清懷忽然有點明白這杯酒爲什麼要叫天使的眼淚。

誰的眼淚不是因爲心裡受傷而流出來的血？哪怕長大之後，許多人都沒再當著別人的面哭過。

「哦，一看你這種表情就知道，你肯定是情傷。」劉奇茵半倚在吧檯，「要不要跟我說說？反正我也不認識你。」

虞清懷笑了下，「我都不知道我是不是情傷，妳又知道了？」

「我當然知道啊。」劉奇茵微微抬起下巴，「愛情就是這樣啦，沒有什麼單方面受傷的，統統都是兩敗俱傷，看誰先痛得受不了，誰就先輸了。」

虞清懷這才正眼瞧她，「看樣子，閣下也是身經百戰。」

「百戰倒是沒有，但在這個城市裡，誰沒有一點傷心的事？」劉奇茵唇邊掛著一抹不經意的笑，「尤其是週五晚上一個人坐在吧檯邊的，十有八九，心裡都有問題。」

虞清懷忽然有了想跟這女人聊天的興致，於是再問：「那妳又適合什麼酒？」

劉奇茵想了想，綻出大大的笑容，「我最適合喝牛奶。」

這個醉醺醺的人，說自己最適合喝牛奶？

虞清懷這下是真的被逗笑了。

「那我請妳喝牛奶。」

虞清懷招手跟酒保阿Ｋ點了一杯牛奶。

阿Ｋ見慣了寂寞男女在酒吧裡調情，對他們兩個的舉動一點也不在意，只要最後有人結帳就好。

純白的牛奶上了桌，虞清懷對劉奇茵揚了揚下巴。劉奇茵不服輸，朝著他笑，「我的牛奶不是這樣喝的。」

「那妳想怎麼喝？」

「你餵我。」劉奇茵朝他眨眨眼，「用、嘴、巴。」

虞清懷靜靜地盯著她幾秒，這種邀請很明顯了。

他若拒絕，那就輸了，可他若答應，接著而來的便是春風一夜。

從男人的角度而言，這沒什麼好猶豫的，就是做跟不做的差別而已。但這瞬間，他的腦海裡忽然浮現了舒春安的臉。

忽然想起了她在他身下承歡的柔媚神情。

她怎麼能這樣說走就走？她想過他嗎？

一把無名火從他的下腹燒起，虞清懷拿起桌上的牛奶含了一口，覆上劉奇茵的唇瓣。這口牛奶餵得又快又急，劉奇茵反應不及，牛奶沿著嘴角流下。

當虞清懷坐回自己的位子上時，見到的就是這幅淫靡的畫面。

虞清懷驚醒的時候，房間裡還是黑的。

他動了一下，這才想起身旁睡了個人。

慢慢地把手從她身下抽出，他拿起床頭的手機看了一眼。

四點多。

他坐在床邊，雙肘撐在腿上，臉則埋在雙掌之中，腦子裡有些混沌不清。

舒春安離開兩年了，但是在與劉奇茵溫存的時候，他想起的卻是她的臉。

也許意亂情迷之間，更容易意識到自己壓抑的情感。

他想舒春安。

在這種深夜時刻，他才願意對自己坦白。

承認自己也喜歡她。

他高中的時候就喜歡她，喜歡她恣意張揚的笑容。

就是自尊上過不去，他不想承認自己喜歡她，即使別人都看得很清楚，但那時候他總覺得只要沒說出口，別人的揣測就都只是揣測。

再後來，他承認自己的想法有些偏差，導致舒春安離開的最後那句話，他明白自己說得太過頭了。

那時他正準備上臺報告，當天教授心情似乎不太好，把好幾個同學電得外焦內嫩，就算是他也緊張得不行。一收到舒春安的訊息，他不知爲什麼就氣不打一處來，回了那句話。

現在想想，根本完全是遷怒。

那晚他本來想去找她，只是有點拉不下臉，心想過幾天等風頭過去了再說，然而再去，東西就全都搬光了。

虞清懷苦笑。

連他留在那裡的替換衣物都被扔了。

他沒想過會有這樣的事，在他的記憶裡，舒春安始終都在他身邊，不管他怎麼對待她，她都不會走。大概是因爲這樣，才讓他得意忘形了吧？

忘記了她只是一個普通人，她也會傷心，她也需要被保護跟照顧。

可是現在，他已經失去她了。

「在想什麼？」劉奇茵的聲音從床的另一邊傳來，說著，她的手從他的腰摸上他的肩膀。

虞清懷點亮床頭的燈，而後轉頭看她。

劉奇茵的眉眼間有一點舒春安的影子，雖然她們的個性和行爲舉止相差很多，但光是那一點點的相似，就足以讓他軟下心腸。

虞清懷躺了回去，背靠著床頭。

「怎麼醒了？」

劉奇茵側躺在床上，一手撐著頭，「早就醒啦，看你一直坐著，不好意思打擾你。」

虞清懷居高臨下瞅著她，「原來妳還會不好意思。」

劉奇茵笑起來，「不然呢？」

「剛剛是誰把我背上撓得一道一道的？」

劉奇茵笑咪咪的，「傷痕是男人的勳章，你應該感謝我。」

他似笑非笑地瞧著她。

說也奇怪，幾個小時前，兩人還是互不認識的陌生人，現在發生了這層關係，倒像是什麼話都能說的好友。

「說說吧，你一臉苦大仇深的樣子，肯定跟女人有關，我來幫你琢磨琢磨。」劉奇茵抱著被子坐起身，「再怎麼樣我也比你懂女人在想什麼吧？」

虞清懷很想跟她說，不必，他不覺得她會比他更了解舒春安。

但是話臨要出口的瞬間，他又因爲劉奇茵眉眼之間那一絲絲宛如舒春安的神情而嚥了回去。

「沒什麼好說的，是我的問題。」虞清懷出了一口長氣，望著天花板上的燈，苦笑了下，「是我的問題。」

「懂得檢討就不錯啊。」劉奇茵的手不安分，悄悄地從被子裡摸上他的大腿。

「我是不曉得你做錯了什麼，也不會跟你說什麼誠心道歉一定會有用……」

她的手不停摸摸摸，卻被虞清懷一把抓住，「爲什麼？」

「道歉有用的話，要警察幹麼？」劉奇茵答了這句經典臺詞，頓了頓又道：「都幾歲了，早該明白有些事情不是道歉就有用，誰不是背負著對某人的虧欠繼續往前走？」

劉奇茵躺回枕頭上，呵呵笑了聲，「往前走吧，少年，停留在原地是沒什麼好下場的。」

虞清懷注視著她的側臉，「那妳又背負著對誰的愧疚？」

劉奇茵嘻嘻一笑，「這種私密的問題，等下次見面我再告訴你。」

「下次見面我也未必想聽。」虞清懷說。

劉奇茵一聽，笑得眼睛都瞇了起來，「眞不服輸，你是個好勝的人吧？」

虞清懷想了幾秒，不置可否，「可能是。」

「肯定是，而且你還是個不誠實的人。」劉奇茵把手覆上他的分身，「怎麼樣？要不要再來一次？」

虞清懷盯著她，忽然笑了下，「可以。」

退房的時間最晚到中午十二點，十點之前還提供早餐。兩人又做了一次，略爲清洗後也不過才六點多，於是他們決定一起到餐廳吃自助吧早餐。

劉奇茵的胃口不錯，倒是虞清懷只拿了幾樣食物，他吃完之後，就靜靜看著劉奇茵大快朵頤。

他從來沒注意過舒春安吃東西的模樣，她喜歡吃什麼，又喜歡喝什麼，他已經不太記得了。他只記得高中的時候，舒春安很喜歡喝的一款奶茶，如今停產了。

或許，一切都有結束的時候，就算不是現在，也是未來。

「你就吃這麼一點？這飯店的早餐很好吃耶。」劉奇茵問，又道：「你這樣眞虧。」

虞清懷聳聳肩，「吃完了嗎？」

「等等，我再吃個布丁。」劉奇茵說完就跑掉了。

用餐結束，兩人回到房間裡整理了一下東西，準備退房。

虞清懷正要開門，卻被劉奇茵擋住。

「我覺得你人不錯，當個朋友吧？」劉奇茵揚揚手機，「要是你忽然想跟我說說心事，我可以聽喔。」

虞清懷反問她：「妳是想聽我說心事，還是想跟我上床？」

劉奇茵一愣，驀地笑出聲，「這兩者又不衝突，我們可以說完心事上床，或是上完床說心事，我配合度很高，都可以喔。」

虞清懷想了幾秒，「不了，謝謝。」

「哎，你怎麼這麼無情？我是眞的覺得你能當朋友啊。」劉奇茵也不介意被打槍，「而且我完全不在你的生活圈裡，是個多安全的說心事對象啊，你就算跟我說你在同事的杯子裡吐口水，我也不曉得你同事是誰，完全沒有洩密的可能。」

虞清懷拉開門，「走吧。」

劉奇茵走出房門，掏出自己的手機，開啟LINE的條碼，「不然你掃我？」

虞清懷哭笑不得地看著她。

劉奇茵朝他眨眨眼睛，「來吧，別客氣，我是個不錯的朋友，改天你想喝酒也能找我。」

見眼前這女人有點不達目的誓不罷休的樣子，虞清懷忍不住說：「妳這樣不符合遊戲規則吧？」

劉奇茵聳聳肩，「要有什麼遊戲規則？你不會是那種上完床就當不認識的人吧？」

虞清懷挑眉看她。

「幹麼當不認識，都上過床了。」劉奇茵靠在門邊，「一起吃過飯的人能當朋友，一起上過床的人反而不行了？都是自我設限而已。」

「胡說八道。」虞清懷輕輕推開她，把門關了起來。

兩人等電梯的時候，劉奇茵還在說話。

「你就是這麼狠心冷血，所以才會被甩。」劉奇茵嘟囔，「你要練習溫柔啊。」

虞清懷一開始覺得煩，這女人怎麼這麼吵？但聽到後面忽然覺得好笑。劉奇茵碰了釘子也沒當一回事，想要什麼就直接說，一點也不扭捏，這確實是他欠缺的。

他掏出自己的手機，打開了LINE，「妳掃我，還是我掃妳？」

劉奇茵歡呼一聲，「我就知道你這種人就是經不起磨，多磨幾次就會成功。」

虞清懷忽然一個閃神。

是嗎？他看起來是這樣的人嗎？那舒春安怎麼就不懂他，不多來磨磨他？

總是那麼安靜順從，卻一言不發地離開。

那天之後，他本以為劉奇茵會找他，但其實也沒有。

他如常地上下課、整理資料，研究國際情勢，劉奇茵始終沒找過他。

直到那天他在學校見到劉奇茵東張西望的身影，頓時愣了幾秒。

這麼說起來，他還眞不清楚劉奇茵的背景，難道也是他們學校的學生？

虞清懷向前走去，他沒打算跟劉奇茵打招呼，不過也沒打算迴避。當不認識也無所謂，正是因爲無所謂，所以沒必要繞路走。

但該說意外，還是不意外的，劉奇茵拉住了他的手。

「幫個忙吧？」她低低地說。

虞清懷還沒反應過來，劉奇茵已經挽上他的手臂，對著不遠處喊：「我說我有男朋友了，你偏不信！」

虞清懷冷笑一聲。這麼老套的劇情還有人會信？

他沒什麼反應，只是面無表情看著那個男生一副吃驚的樣子，似乎想說什麼，卻什麼都沒說便轉身走了。

劉奇茵笑嘻嘻的，「謝啦，請你吃飯。」

虞清懷勾著半邊嘴角，「可以，但妳的手先放開。」

劉奇茵先是眨眨眼睛，而後聳聳肩，鬆開了自己的手，做出投降狀。

「凶巴巴。」

虞清懷氣笑了，「是我的問題嗎？」

「難道是我的問題？」

「妳這麼突然地跑到這裡來，挽住我的手，難道還是我的問題？」

「可是你對我凶巴巴啊。」

兩人僵持了一會，劉奇茵率先笑出聲，「好幼稚喔，跟小孩子一樣。」

「哼。」虞清懷瞥了她一眼，不作聲。

劉奇茵還笑著，指尖在他手背上畫了一下，「吃飯。」

兩人對這附近都熟，劉奇茵找了一間義式餐廳，價格不貴，不過也不算便宜，一份套餐要四百塊，對學生而言是一個能吃但不會常吃的價位。

餐廳裡播放著輕鬆的音樂，兩人點完餐，虞清懷拿出平板打算繼續讀資料，卻被劉奇茵按下。

「你都不好奇我來幹麼？」

虞清懷瞄了她一眼，「不就是那個男的嗎？」

「那你不好奇如果我沒遇到你的話呢？」

「大概就路上隨便抓一個人吧。」虞清懷收起平板，劉奇茵笑咪咪的眼睛，總讓他想起舒春安。

他放緩了語調，「這種事情很常發生？」

「唔……」劉奇茵想了會，「幾年一次？」

「那這次這個走了，就要過好幾年才會有下一次了。」虞清懷靠在椅背上，冷氣緩緩吹著，令他有些鬆懈下來了，「下次還是找人一起比較安全。」

「你啊，你不就跟我一起了嗎？」劉奇茵的手指在他手臂上滑來滑去，略帶點抱怨地說：「你都不找我。」

虞清懷似笑非笑，「我沒事幹麼找妳？」

「沒事也可以找我啊，我們可以一起找事情做。」她眨眨眼睛，「有興趣嗎？」

虞清懷看著她幾秒，「先吃飯。」

「好。」劉奇茵揚起得逞的笑容，坐回自己的位子上。

服務生先上了生菜沙拉，虞清懷吃了幾口，發現劉奇茵一口都沒動。

「妳不吃沙拉？」

「沒有，我胃不好，不想空腹吃生冷的東西。」劉奇茵隨口應道。

虞清懷瞧了眼時間，下午五點。

「這是妳的第一餐？」

「對啊。」

「妳沒有課？」

劉奇茵托著臉，「我今天休假，不然怎麼會在這裡？」

虞清懷「哦」了聲，「所以妳已經在工作了。」

「嗯哼。」劉奇茵勾起一個魅惑的笑，「好奇嗎？」

可惜虞清懷並不買帳，逕自喝起面前的熱湯。

劉奇茵碰了個軟釘子，也沒當一回事，喝了幾口湯之後，她才開始吃生菜。

正餐上了，劉奇茵邊吃邊好奇地問：「你平常在學校都沒朋友？」

這個問題讓虞清懷恍惚間回到高中，他跟舒春安第一次一起在圖書館做報告的時候，舒春安也關心過這個問題。

想不起來那時候她說了什麼，只記得她看起來很同情他似的。

其實他不需要同情，是他自己選擇不跟其他人來往的，但舒春安並不理解，只覺得自己可以成爲他的朋友。

可是，舒春安終究還是離開了。

「嘿。」劉奇茵伸手在他面前揮了幾下，「你平常都這麼恍神啊？講沒兩三句就陷入自己的世界？」

「沒什麼。」

「你還是跟我說說你心裡到底有什麼傷好了，這麼憋久了會出事的。」劉奇茵摸摸他的頭，「乖乖的。」

虞清懷一直沒打算跟誰說舒春安的事，然而看著劉奇茵的眼睛，他忽然就開了口。

「她是我的高中同學，高中的時候我就喜歡她了。我還記得那一年，天氣很熱，她跟我告白的時候，緊張得臉上都是汗。」

虞清懷嘴角揚起淺淺的笑意，話說到這裡就斷了。

劉奇茵等了幾秒才追問：「所以你喜歡她，她也跟你告白了，那你們就可以在一起啦？」

「沒有，我們沒有在一起。」虞清懷望著窗外，宛如窗外就站著舒春安，「我們從來沒有在一起。」

「從高中到現在，你們都沒有在一起？」

「嗯。」虞清懷垂下眼簾，「可能是這樣，所以她才離開。」

「我覺得她已經仁至義盡了。」劉奇茵深深吸了一口氣，「要不，你去把她追回來？」

虞清懷收回目光，笑了笑，不置可否。

「看樣子你也不打算追回她，那就只能繼續往前走了啊。」劉奇茵頓了頓，收起漫不經心的笑容。

虞清懷沒注意到劉奇茵的變化，只是思考著。

他研究所畢業還得當兵，當完兵進入職場又是另一個戰場。

他能好好對待舒春安嗎？如果不行，他有資格把舒春安追回來嗎？

他連自己的未來在哪都不知道，怎麼好好地對待她？

劉奇茵注視著虞清懷沉思的側臉，忍不住伸手摸了下。

「別想啦，我跟你說一件好玩的事情。」

「嗯？」

劉奇茵端起飲料喝了口。

「今天啊，我是特地來找你的。」劉奇茵的眼裡閃著狡黠的光，「那個轉身就走的才是路人，他應該被我嚇到了。」

虞清懷無言片刻，直接氣笑了。

「妳的意思是說，妳早就守株待兔地在等我？我還以為妳是找我當擋箭牌，原來我才是被下套的那個人。」

「沒錯，你好聰明。」劉奇茵彈指，「是不是很有趣啊。」

虞清懷哭笑不得，「妳明明就有我的聯絡方式，何必這麼大費周章？」

「給你一個驚喜嘛。」

「那妳怎麼曉得我什麼時候會出現在那裡？」

「大砲，你知道吧？其實我認識他。」

虞清懷又無言了。被大砲出賣他怎麼一點也不意外？

他喝了口水，「妳要找我上床不用這麼麻煩。」

劉奇茵愣了幾秒，她就是覺得虞清懷滿好玩的，想來找他吃個飯，但又不想平平淡淡地約他，倒也不是衝著上床來的。

可是……

他都這麼說了，自己要是不做，不是很虧嗎？

於是，劉奇茵燦然一笑，「對啊，你上次表現得很好，所以我就來找你啦。」

虞清懷哼笑了聲，「可以。」

一眨眼，時序就到了聖誕節。

滿街的裝飾品跟歡樂音樂，好像不管有什麼心事，在這個時節都應該拋到腦後去。

劉奇茵逛著百貨公司，看著一櫃一櫃的商品，心裡只有空虛。

她隨時都能把想要的東西買下來，反正信用卡一刷，付錢是下個月的事，如果分期付款就更輕鬆了，一個月只要付少少的幾百塊，東西就到手了。

但是她不明白自己買這些東西回去要做什麼，就像她不明白自己活著的意義是什麼。

當然，這不是說她會想去死。

她只是偶爾會困惑，在這個世界，她的人生都在等著些什麼？

就和電影一樣，漫步在街頭的主角，接下來一定會有什麼事情發生，無論是搶劫還是搭訕，她都十分歡迎，然而並沒有。

她日復一日地上班下班，逛街睡覺。

偶爾去酒吧鬼混，不過她的眼光很高，許多男人在她眼裡都不那麼能細看。

她忽然想起了虞清懷。

他是少數幾個她一見到便眼前一亮的男人。

對啊，虞清懷，買個聖誕禮物給他吧。

這兩、三個月裡，他們常常見面，雖然是她找他比較多，可偶爾他也會主動聯絡她。出來當然是喝酒、上床，但兩人見的面多了，彼此之間有了熟悉度，偶爾也會說說生活上的瑣事。

他總是安靜的時候多、說話的時候少。

她卻能感覺出來，他還是很愛那個他提過的女生，因爲每當他說起過去那些事的時候，眼神都特別溫柔。

就像他們剛剛做完時，他總會溫柔地摸著她的頭。

那一瞬間，她都會有種這個男人深愛著自己的錯覺。

可是以他們這種關係，又有誰會真的愛上誰？

也許有一天，他會愛上別人，而那個別人大概不是她。

這點她還是很有自知之明的。

劉奇茵搭乘手扶梯上了百貨公司的二樓，準備挑個禮物給虞清懷。

不管怎麼樣，反正現在她想送個禮物給他，那就去挑個禮物。

她很快選定了一瓶男香，等櫃姊幫忙包裝妥當，劉奇茵便開開心心地拎著禮物離開。

她一面走，一面傳訊息給虞清懷。

劉奇茵：晚上要不要一起吃飯？

虞清懷：幾點？

劉奇茵：七點吧？

虞清懷：在哪？

劉奇茵：等一下把地址傳給你。

虞清懷：好。

劉奇茵瞥了眼時間，也懶得找其他餐廳，就在捷運站附近找了間裝潢不錯的西式餐館，把地點傳給虞清懷。

劉奇茵：我先進餐廳休息，你來就直接進來找我。

虞清懷：好。

劉奇茵先點了杯咖啡，又玩了會手機，眼看時間快到了，便托腮望著窗外。

遠遠的，她瞧見虞清懷跟一個女生走在一起。

兩人一邊走一邊說話，她當然聽不見他們說了什麼，只看到兩人停在餐廳門口，虞清懷把手上提著的東西交給了那個女生。

女生朝他笑了下，轉身離開。

虞清懷走進餐廳，就見到劉奇茵巧笑倩兮地朝他招手。

他一直覺得劉奇茵是個很妙的人。

她總是很輕鬆的樣子，好像這世界的規矩一點都限制不了她。

虞清懷拉開椅子坐下，劉奇茵馬上湊上前問：「剛剛那女生是你女朋友嗎？」

虞清懷翻了個白眼，「我像那種人嗎？」

「哪種？」

「有女朋友還跟別的女生單獨約會的人。」虞清懷哼了聲，服務生這時候正好端著水跟菜單過來。

劉奇茵心裡忽然有種說不上來的感覺，有點高興，卻又有點難受。

所以等他有了女朋友，她可能就不能再見他了。

也對，通常都是這樣的。

「怎麼突然想找我吃飯？」

兩人點完餐後，虞清懷問。

他們多半是星期五晚上見面，隔天沒事，玩起來比較沒有心理壓力。

「今天是平安夜啊。」劉奇茵笑嘻嘻的把禮物遞給了虞清懷。

虞清懷沒接，「這什麼？」

「聖誕禮物。」

虞清懷仍是沒接，「我沒準備妳的。」

劉奇茵聳聳肩，「無所謂，我要什麼自己買。」

「無功不受祿，那我請妳吃晚餐吧。」虞清懷收下了禮物。

「好啊。」劉奇茵乾脆地應了，又問：「什麼無功不受祿，你是眞的不敢收，還是怕欠我什麼？」

成年之後，尤其是出社會工作之後，多數人不怕別人欺負，倒是怕別人無來由地對自己好。別人的好意要是沒有原因，那就像燙手山芋一樣，巴不得立刻丟回去。

虞清懷瞟了她一眼，「都有。」

「我又不會吃了你，你怕什麼？」劉奇茵表面嘻笑，內心卻略感受傷。

原來對虞清懷而言，自己是需要小心提防的。

她覺得理所當然，又覺得不甘心。

跟虞清懷認識好幾個月了，即使她曉得虞清懷在哪裡念書，以及平常的作息，但她依舊感覺虞清懷像一個謎團。

她想了解更多，可每次試圖靠近，卻又不得其門而入。

「想什麼？」虞清懷開口打斷她的思緒。

「沒有啊。」劉奇茵當然不會告訴他自己的想法，「等一下要不要一起去喝一杯？」

虞清懷本來要拒絕，轉念一想又答應了，「不能太晚，明天我還有課。」

「好啊。」

兩人沉默了幾秒，劉奇茵正想說點什麼的時候，就聽虞清懷開口。

「以前她也喜歡聖誕節。」虞清懷笑了下，眼神柔和，「有一年聖誕節，天氣冷得不行，她堅持要買一支冰淇淋吃，吃完了整個人凍得不停發抖，臉上卻紅通通的，很高興的樣子。」

「然後呢？」劉奇茵問，同時在腦海裡想像當時的畫面。

那個虞清懷口中的女孩，是不是長得很可愛？

「然後，隔天她就發高燒了。」虞清懷看著桌上的水杯，可看的又不像是水杯，不會有人用那種眼神盯著水杯，除非他看的，是腦海裡的回憶。

「那你去照顧她了嗎？」

「沒有。」虞清懷深吸一口氣，「那時她住學校宿舍，我也是。」

「現在沒管這麼嚴了吧？如果是探病應該可以進去的？」

虞清懷沉默了一下，「我覺得有點難為情，所以就沒去。」

「現在後悔了嗎？」

虞清懷沒回答，不過劉奇茵可以從他臉上看出答案。

自然是後悔了，要是早知道後來兩人會走散的話，怎麼樣都會去的。

「我那時候想過，如果在外面租房子的話，可能我就可以去照顧她了。」虞清懷語氣帶著一點自嘲，「事實證明，有些事情當下沒做，後來也不會做了。」

後來，舒春安在外面租了房子，然而他早已不是當年的他。

劉奇茵雖然很想說虞清懷活該，心裡卻微微地疼。

她不想再看他露出這種惆悵的表情。

「吃飯吃飯！吃完喝酒，醉了就沒事了。」劉奇茵又起自己盤子裡的一塊鴨胸，放進了虞清懷的盤子裡。

眞羨慕那個女孩。

她都離開這麼久了，虞清懷還這麼愛她。

如果是她，肯定不會離開，反正跟誰過不是過？青春不浪費在某個人身上也是白白過去。

虞清懷沒再說話，靜靜地吃著東西。

飯後兩人到了酒吧，劉奇茵又點了一杯天使的眼淚給他。

「喝吧喝吧，醉了就忘了。」忘了好，只要忘了，她就有機會了。

劉奇茵愣了幾秒。

嗯……所以她喜歡虞清懷啊？

劉奇茵恍然大悟地「啊」了聲。所以她這麼常去找虞清懷，原來是早就喜歡人家了？

可她到底喜歡他什麼呢？

劉奇茵想了好半晌。

大概是因爲他的深情吧？如果他喜歡的人是她，那該有多好？

被這麼深情的人喜歡，應該是一件很幸福的事吧？

一旦有了想要的東西，就會對自己目前的狀態感到不滿足。

劉奇茵藉著小夜燈的光線凝視著虞清懷的側臉。

她的手臂壓在棉被上頭，被冷氣吹得發涼。

她想知道，自己如果是虞清懷心中的那個人，那會是什麼感覺。她這輩子從沒有這樣被人深愛過，所以不明白那是一種什麼樣的感受。

什麼樣的人才能拋下這樣的深愛，一走了之？

她想不出來。

劉奇茵又撐著臉，看著虞清懷好一會，下腹突然一陣尖銳的刺痛。

她大感不妙，悄悄地翻下床，走進浴室裡。

虞清懷一向淺眠，早在劉奇茵下床的時候，他就醒了。

半夢半醒之間，他依稀意識到劉奇茵這個廁所上得有點久。

恍惚了幾秒，虞清懷從床上起身，走到廁所前敲了敲門。

「還好嗎？」

劉奇茵那頭回：「還、還好。」

「需要幫忙嗎？」他又問。

「可能……需要吧？」劉奇茵似乎不太確定。

「我進去了？」虞清懷一邊說，一邊推開了門。

劉奇茵坐在馬桶上，臉色略微發白。

「妳怎麼了？」

「生理期突然來了。」劉奇茵有些不好意思，「但是我沒有準備……」

虞清懷當下腦子裡閃過了好幾個問題，比如：妳怎麼會沒有準備？難道妳不知道妳的週期嗎？又不是第一次來，至於這麼手足無措？

不過基於禮貌，他並沒有把這些問題提出來。

「我能怎麼幫妳？」

「呃……」大半夜的，劉奇茵腦子有點懵，「可能問問看櫃臺有沒有衛生棉可以借？」

虞清懷掃了她一眼，包含那件劉奇茵用手掩著的、沾了血的內褲。

「知道了。」虞清懷冷靜地回應，「我去想辦法。」

劉奇茵不禁茫然，「你要想什麼辦法？」

虞清懷沒回答，只是又問：「妳要坐在這裡等？」

劉奇茵想了會，不曉得應該怎麼跟虞清懷說，她生理期總是來得又急又猛，她不好仔細形容，總之基本上就是狂風暴雨，這時候回床上去，最後就是把人家的床也弄髒。

見她欲言又止，虞清懷沒再追問。

「那我走了，馬上回來。」虞清懷不打算多浪費時間。

「欸，等等……」劉奇茵喊住他。

「嗯？」

劉奇茵無辜地抬頭，「幫我拿手機……」

虞清懷無言片刻，走出廁所，拿了她的手機給她。

劉奇茵接過手機，朝他笑了下，虞清懷下意識拍拍她的腦袋，轉身走了。

劉奇茵愣愣的，明明他拍的那兩下跟拍流浪狗差不多，可能連拍流浪狗都還比那兩下溫柔，可是那一瞬間，她感覺到自己的心撲通撲通地狂跳起來。

「媽呀，這就是傳說中的摸頭殺嗎？」

劉奇茵回味著，又滑了一會手機，等了一段時間，才聽見開門的聲音。她探頭一瞧，是虞清懷回來了。

他手上提著一個袋子，裡面裝了些什麼。

「你不是去跟櫃臺要嗎？這些是什麼？」劉奇茵好奇地問。

「妳自己看就知道了。」虞清懷從袋子拿出幾樣東西，隨後把袋子遞給她，「反正超商就在附近，跟櫃臺要個一片兩片的，也不確定夠不夠用，所以我乾脆去超商買了。」

劉奇茵往袋子裡看，裡面除了有幾款不同長度的衛生棉，還有幾件超商賣的免洗內褲，貼心得不可思議。

深深吸了一口氣，她感覺到自己面前有一片大海，而她站在懸崖上，盯著這片汪洋，猶豫不決。

劉奇茵沖了個澡，換上乾淨的免洗內褲，當她走出廁所的時候，桌上放著幾樣東西。她走近一看，是超商賣的沖泡式熱湯，還有熱飲。

虞清懷靠在床頭，「不曉得妳喜歡什麼，所以我就都買了。」

「都是給我的？」劉奇茵小心翼翼地問。

「嗯。」虞清懷隨口應著，他沒有看她，只是又說：「大半夜的買不到紅豆湯，妳將就一下吧，聽說喝點熱的會好些。」

劉奇茵心頭一暖，默默地端起熱湯，覺得有點想哭。

喝了湯，她窩到床上。

虞清懷瞥了她一眼，又伸手摸了摸她的額頭，「不舒服？」

「有點。」劉奇茵聲音悶悶的，一把抓住他的手，「我睡了。」

虞清懷莫名其妙，「妳睡妳的，抓我的手幹麼？」

「抓一下嘛，不然我很寂寞。」劉奇茵不正經地答，卻鬆開了他的手，「好吧，放你自由。」

虞清懷哼笑了聲，抬手關燈。

在燈滅的那瞬間，劉奇茵睜開了眼。

她一直很克制地不要喜歡上別人，只要不喜歡誰，就能自由自在地在這個世界玩耍。

不需要對誰負責，也不用怕誰傷心。

可是現在，她站在海邊的懸崖上，想著要不要跳進海裡。

虞清懷就是那片海。

她怕跳下去，就沒有回頭路了，可是她又忍不住想親近他。

劉奇茵在被窩裡找到了虞清懷的手，悄悄地勾了勾他的小指。

「怎麼了？睡不著？」虞清懷呢喃的聲音從她頭上傳來，「還是不舒服？」

「沒有。」劉奇茵的手不敢再動，想假裝自己是不小心碰到了他。

她閉眼裝睡，卻察覺身旁的人翻了個身，然後，虞清懷的手一下一下地拍著她。

「睡吧，我在這裡。」

劉奇茵再度睜開眼睛，見他側身靠在床頭，闔著眼。

他把她當小孩子哄啊？

你對我這麼好，我會愛上你的。

愛上了誰，就會粉身碎骨的。

劉奇茵在心裡想。

她慢慢地重新閉上眼，感覺自己跳進了那片海裡。

早上鬧鐘響時，劉奇茵睡得正熟。

虞清懷沒有吵醒她，只是把房間的費用壓在桌上，並留了張紙條，說明自己先走了。

清晨的空氣微寒。

返回自己的租屋處時，他經過了舒春安之前租屋的地方。

他停下腳步，仰頭望著。

舒春安現在在幹麼呢？

她生理期的時候也會不舒服嗎？他幾乎沒印象舒春安跟他提過這一點。

是真的不會痛，還是她沒跟他說？

到了後來，舒春安跟他說的事情越來越少，兩人常常只是安靜地待在同一個空間裡，各做各的事。

他能想起她高中時的樣子，卻記不起來她離開之前是什麼髮型。

她好像說過自從開始上班後，瘦了好幾公斤，可是他從來沒注意到。明明兩人每個週末都會見面，他一點卻也沒仔細端詳過。

他不是沒想過去舒春安老家門口等她，他們念同一所高中，對於彼此老家住哪一清二楚。

可是他不想去。

他不想聽見舒春安當面拒絕他。

最使他難受的是，這兩年來，七百多個日子，每一天，舒春安都選擇不跟他聯絡。生離原來這麼傷人。

每一天、每一天，她都將他隔絕在她的生命之外。

死別畢竟是逼不得已，而生離是，對方再也不要自己了。

舒春安不要他了，不要他在她的生命中了。

這才眞正令他難以釋懷。

他沒想過舒春安會不要他，也沒想過自己會對舒春安如此念念不忘。

以前他挺看不起那些提不起放不下的人，如今才明白，要是可以，他也想放下，想忘記舒春安的笑臉。

虞清懷深深吸了一口氣，壓下心中的情感，面無表情地邁開步伐，繼續往前走。

這幾天下起了雨來。

驟降的溫度加上雨水，一直很溫暖的冬天忽然就凍了起來。

若不是臺灣位處亞熱帶，虞清懷都覺得這下的可能是雪，不僅是雨水而已。

冷意猶如小蟲一樣，鑽過皮膚，沁入骨髓。

「那你等等要去哪？」站在研究室外頭，同組的伙伴問他。

虞清懷抬頭看了看天，這雨勢……「去圖書館吧。」

反正都到學校了，乾脆一口氣把事情做完，否則回家之後大概就再也不想出門了。

「那我們一起吧。」

他的這位伙伴叫毛毛，是個女孩子，身高不高，瘦瘦的，個性很好。每次分配工作，她不只把自己的部分做完，偶爾還會支援其他組員，所以大家都挺喜歡跟她同組。

在眾人心裡，毛毛就是一種安全感的象徵，只要能跟她一組，多半不會出什麼交不出報告這種大事。

虞清懷不常跟毛毛一組，因爲他不太需要後盾，他也是一個人可以hold全組的類型，所以並沒有太體會到和毛毛同組的好處在哪，頂多就是不用盯組員還不錯而已。

雨嘩啦拉地下著，他們並肩往圖書館走，時而交談，時而沉默。

他們之間沒有什麼特別的火花，毛毛喜歡的是另一個男生，班上同學都知道，而虞清懷對這個八卦也沒興趣。

自從舒春安離開之後，他的世界變得很安靜。

不再有人吱吱喳喳的，也不會有人拿無聊的煩惱問他，更不會有人用他不想面對的期待看著他。

他甚至覺得這樣滿好的。

只是偶爾會想想舒春安，就像舒春安還在一樣。

毛毛一邊走一邊跟他聊著班上同學的事，虞清懷只用了三分的心思聽，他壓根就對這些毫無興趣。

圖書館前方有道階梯，這階梯的防滑條早就損壞了，聽說有人向學校反映過，但沒有下文。前些日子都沒下雨，倒也沒發生什麼事，不過這幾天鋒面來襲，聽說已經有好幾個人在圖書館前的階梯上滑倒。

虞清懷腦海中正閃過這件事，毛毛就滑倒了。

他下意識地伸手一抓，腦子裡卻驀地跑過舒春安的臉。

高中的時候，他曾在樓梯上抓住了舒春安的手。

那時候他是怎麼想的？

一回頭才發現距離那時候已經這麼遠了。

他從來沒想過，自己跟舒春安會有走散的一天。

他扶正毛毛的身子，剛剛那一瞬間，他爲了要扶毛毛，自然也顧不得手上的傘，傘一歪，兩人都淋到了雨水。毛毛一邊跟他道謝，一邊伸手把他肩膀上的雨水拍掉。

「沒事，雨也不大。」

「學校都不派人修繕！」毛毛抱怨，「要不是你，我大概就要一路滾到下面去了。」

這話太有畫面，虞清懷忍不住笑起來。

兩人繼續往前走，一起進了圖書館。

劉奇茵在遠處注視著這一幕，心裡悶悶的，又同時覺得酸澀。

她是來找虞清懷的，卻沒想到會目睹這樣的場景，原來虞清懷不是只對她好，對身邊的人也同樣溫柔。

或者，那有可能是他的新對象？但她沒什麼資格過問。

劉奇茵撐著傘，在冷冷的冬雨中站了一會。

她決定不要繼續這樣下去了。

什麼喜歡不喜歡的，如果這件事情、這個人讓她不開心，那她換個人就是了，還怕找不到人玩嗎？她有什麼玩不起的？

或者，她也沒有什麼輸不起的。

虞清懷雖然好，雖然她總是爲他動心，每次都沉淪在他的懷抱之中，可如果這個懷抱、這個人不會爲她停留，那她寧可讓自己過得愉快點。

劉奇茵果斷地轉身離開，找了間咖啡廳點了杯熱呼呼的咖啡，接著拿起手機，一個一個找著可以出來玩的人。

那個人最好，高富帥不說，還很有生活情趣，不上床時知道哪裡好吃好玩，上床時金槍不倒，長度硬度持久度，統統非常優秀。

最好他什麼也不問，就只是跟她玩，不在乎她心裡是不是有別人。

最好……他有一雙溫柔的手，會摸摸她的頭，輕聲跟她說話，當她生理期來的時候會幫她買衛生棉，會替她買熱飲。

她越想越覺得自己身邊根本沒有這樣的對象。

叩叩。

落地窗前，有人敲了玻璃兩下。

劉奇茵抬頭一瞧，窗外的男人對她笑了笑，然後大步流星地從大門進來，走到她的桌邊。

「好久不見！」

劉奇茵想了一會，「啊！許景宸？」

男人笑起來，「學姊記性眞好。」

劉奇茵咧開嘴，「你記性才好吧！在窗外一眼就認出我來了。」

「我也是正好經過這裡，看到妳一個人，就過來打個招呼了。」許景宸拉開劉奇茵對面的椅子，「在等人？」

「沒有，在等雨停。」劉奇茵打量著面前這個精瘦高壯的男人，「你怎麼跟以前不一樣了？」

許景宸笑了下，「我剛從澳洲回來啊。」

「遊學打工？」

「對。」許景宸爽朗地笑。「我在農場、龍蝦工廠都工作過一段時間。」

「沒想到你會出國打工。」

「世界這麼大，我想去看看。」許景宸頓了頓，「澳幣很大，一塊澳幣換二十三塊臺幣耶。」

他說完自己笑了，劉奇茵本來低落的心情也有些被他影響，明亮了起來。

「那妳呢？這幾年都在幹麼？」許景宸問。

劉奇茵想了想，「上班吧……」

「吧？」許景宸一挑眉，「看樣子對工作沒熱情。」

劉奇茵揚起嘴角，「確實沒什麼熱情，但總得工作。」

許景宸點點頭，指了指櫃臺的方向，「我去點個喝的，妳要吃點什麼嗎？」

劉奇茵搖搖頭，「還好，還不餓。」

許景宸起身往櫃臺走，劉奇茵望著他的背影。

還算高、還算帥，講話也滿有趣，看樣子是個好對象。

要是跟他，感覺還能接受？劉奇茵托著腮心想。

只是腦海裡猝不及防地又浮現虞清懷的身影。

她甩甩頭。

又不是多喜歡人家，幹麼念念不忘？像他那樣的，街上一抓一大把，還怕沒有？所以說她就是這點討厭，一喜歡上就耿耿於懷，一點都不像自己了。

許景宸回到座位的時候，看見劉奇茵正望著櫃臺的方向，似乎在發呆。

「在想什麼？」

許景宸在她對面坐下，把托盤上的其中一份蛋糕推到劉奇茵面前。

「請我吃啊？」劉奇茵驚喜地問。

無功。」

「高中時你超屁的，試膽大會的時候有夠白目，害我們布置老半天的機關都好像徒勞

「妳還記得我們當初在高中營隊認識的時候……」

「謝啦。」劉奇茵吃了一大口，眼睛都笑瞇了，「眞好吃。」

「對啊，久別重逢嘛。」

兩人聊起過去的事，越說越起勁，聊著聊著，窗外雨都停了，他們還意猶未盡。

「我知道這附近有一家不錯的麻辣火鍋，我們去吃晚餐吧？」劉奇茵笑嘻嘻的，「對了，你沒有女朋友吧？」

「沒有，我才剛回來，怎麼會有？」許景宸紳士地替她推開玻璃門。

才走出去，兩人就跟虞清懷打了照面。

劉奇茵愣了一瞬，虞清懷淡然地向她點點頭，走進咖啡廳裡。

他們彷彿僅是點頭之交。

她對他而言，像是根本一點都不重要。

而這深深地刺痛了她。

第三章

劉奇茵伸手抓住虞清懷的手肘，強迫他跟自己打招呼，「嗨。」

虞清懷看起來略顯錯愕，這讓劉奇茵不禁暗爽。

誰讓你對我視若無睹！

她才不會接受，就算只是一聲招呼也好。

但虞清懷很快回過神，朝她點點頭，「真巧。」

劉奇茵忽然不知道該說什麼才對，她就是一個衝動抓住了虞清懷，也沒想清楚後續要怎麼辦。

「還有事？」虞清懷瞄了一眼劉奇茵身旁的許景宸，也禮貌地點點頭，「你好。」

許景宸頷首致意，他隱約覺得面前這人有些眼熟，但他見過的人太多，一下真想不起來是在哪裡見過。

劉奇茵此時反應過來，笑嘻嘻地問：「我們打算去吃火鍋，要一起來嗎？」

「不了，我還有事。」虞清懷微笑著拒絕。

「好吧，那我們先走了。」劉奇茵明知虞清懷是不可能答應這種邀約的，可真的被拒絕了，還是有種沒面子的感覺。

儘管臉上看不出來，劉奇茵內心幾乎是落荒而逃。

她拉著許景宸到了附近的麻辣火鍋店，等到點完餐，劉奇茵才長長地嘆了一口氣。

「怎麼了？」許景宸問，很敏銳地又追問：「跟剛剛那個男生有關？」

劉奇茵點點頭，想了幾秒，把整件事情直接向許景宸說了。

「妳就是暈船啊。」許景宸半是打趣地說，「這我在澳洲見過很多，本來只想一夜情，結果喜歡上人家。」

「那別人都怎麼處理？」劉奇茵好奇地問。

「找下一個啊。」許景宸哈哈大笑，「等妳暈下一艘船的時候，就不會對這艘船留戀了。」

聞言，劉奇茵跟著笑起來，即便她心裡明白自己並不是容易暈船的人。

她曾經喜歡過一個人，喜歡了很久很久，哪怕那個人可能不知道，她見到對方的時候，心頭仍然會緊縮著。

她不會輕易喜歡上別人，可一旦喜歡了，就難以放下。

她在酒吧混了這麼久，也只暈過這一次船。

「在想著去哪裡找下一個嗎？」許景宸打趣地問。

劉奇茵瞟了他一眼，「何必找？不就在眼前了嗎？」

許景宸愣了一瞬，倒也不扭捏，「妳覺得我可以？」

劉奇茵上上下下地打量起他。

就和她先前想的一樣，許景宸長相不差、身高夠高、身材也不錯，說話又滿有趣的，確實是個不賴的人選。

心裡這麼想，她嘴上卻說：「那要看你的表現怎麼樣啊，目前看起來還可以吧？」

「照妳這麼說，我等會吃完就直奔酒吧，應該可以風流一夜了。」

「可以喔。」劉奇茵笑起來，她喜歡這種感覺，輕輕鬆鬆沒有任何壓力，「我可以帶你去我常去的。」

「不用了，我就是開開玩笑。」許景宸做了一個誇張的表情，「我很潔身自好的。」

劉奇茵噗嗤笑了。

這頓飯兩人都吃得相當開心，離開的時候還互換了聯絡方式。

吃了熱呼呼的火鍋，心情又好，即使走在冷颼颼的街頭，劉奇茵也不覺得冷。

她回到家裡洗了澡，坐在沙發上。

十坪大的小套房，冬天的冷意蔓延至房間的每個角落。

她曾經想過養一隻貓，這樣回家後就不會這麼寂寞，然而理智告訴她，她不適合。

所以她只養了一缸金魚，放在窗邊，看著牠們游來游去權當打發時間。

劉奇茵在沙發上躺下，盯著金魚，腦子裡卻想著虞清懷。

今天不是週五，應該約不動他。

其實虞清懷一直也沒給過她什麼多的期望。

大多數時候，她要約虞清懷都得按照他的遊戲規則，像是她只能星期五的時候見他，其餘時間，僅有極少數的時候，虞清懷才會答應出來。

或者是像上次聖誕節那樣，有個什麼由頭，他才會答應。
劉奇茵深深吸了一口氣，拿起手機點開跟虞清懷的對話視窗。
所以說，炮友這種關係就是麻煩，想要多跟他聊些什麼，卻不曉得該說什麼。
不然約約看吧，搞不好有機會呢。

劉奇茵：嗨嗨

她等了一會，虞清懷的訊息過來了。

虞清懷：有事？
劉奇茵：你要不要出來玩？
虞清懷：不了，下雨，妳好好玩吧。

劉奇茵又等了一會，但虞清懷沒再傳來訊息。
他真的一點都不在意她身邊站著別的男人嗎？
她不死心，又傳訊息過去。

劉奇茵：要不我去你家？

虞清懷：不了，我明天還有事。

劉奇茵深吸一口氣，感覺自己身為女性的自尊都碎了。

我這樣三番五次地約都不成？我就這麼沒有吸引力？

劉奇茵的內心很崩潰。

這時候，虞清懷的訊息又跳出來。

虞清懷：先睡了，晚安。

劉奇茵都懶得回他。

還不到十一點就說要睡了，根本就是不想跟她聊天的意思啊！

她把臉埋進抱枕裡，尖叫了一波發洩，才覺得心裡的鬱悶少了一些。

為什麼自從她意識到自己喜歡虞清懷之後，就感覺虞清懷全身上下都在抗拒她，是整個宇宙聯合起來整她嗎？

本來以為有機會攻略虞清懷的，如今看來真的希望渺茫。

人生已經夠苦了，還得面臨這種事情？

她走到冰箱前拿出啤酒，狠狠地喝了幾口，微苦的冰涼酒液滑進胃裡，讓她打了個寒顫，火氣這才總算消了點。

奇怪，老娘又不是非你不可，難道我還找不到人出來？

抱著賭氣的心態，劉奇茵傳了訊息給許景宸。

劉奇茵：週末有空嗎？出來玩。

許景宸幾乎是馬上就回應她。

許景宸：要去哪裡玩？

劉奇茵想了想，搜尋了幾個網頁。

劉奇茵：你剛回來，我帶你附近逛逛，我們先去華山看看展覽，然後吃飯。

許景宸：好啊，幾點？

兩人很快敲定了時間地點，劉奇茵心裡那股躁動不安的情緒才平靜下來。

她躺在沙發上望著天花板。

每一次被虞清懷拒絕，她都沒辦法平靜。

每一次她都覺得自己胸中有一股能量，逼迫著她去做一些事，好證明虞清懷的拒絕是錯的，他不應該拒絕她。

她想征服虞清懷，他越掙扎越抗拒，越能激起她的鬥志。

可是每一次她都敗下陣來。

她心裡明白原因，因爲虞清懷根本不在乎她。

在關係裡苦苦掙扎的是她。

虞清懷就像一棵巍然不動的大樹，她來或不來、走或不走，對他而言一點影響都沒有。她做的所有一切，都只是一齣演給自己看的戲碼。

就像現在，她約了許景宸出來吃飯。

約成了，她就能對自己說，看吧，我還是很有身價的，只是虞清懷不懂而已。

可是她並不眞的特別想跟許景宸吃飯。

但她就是覺得自己非得這麼做不可，她不想讓虞清懷認爲自己沒有他就什麼都辦不到，不想讓他認爲自己只會乖乖地等他。

可笑的是，虞清懷根本什麼都不曉得，更不明白她內心有這些掙扎。

這就是一場獨角戲，只有她一個人站在舞臺上，演著糾結苦惱的戲碼。

今天又是一個下雨的日子。

臨出門前，劉奇茵猶豫了好一會，瞧著灰撲撲的天空，心裡盤算著這大概要下一整天的雨了。

撐著傘，她走進雨中。

經過幾次轉車，她到了約定的地點，許景宸早就在那裡等著了。

他站在屋簷下，一身簡單的襯衫跟牛仔褲。

他本來就高，去了趟澳洲回來又添增幾分陽光氣息，站在那兒像是模特兒。

說起來，和虞清懷相比，許景宸也沒有差到哪裡去。

只是她總還是有點不甘心，她喜歡的人很少不喜歡她的，如果有，那肯定是同性戀。

難道虞清懷……不不，他們都上過床了，虞清懷應該還是喜歡女人的吧？

而且他一直對前女友念念不忘，應該確實不是這個問題。

那就是她魅力不夠？

劉奇茵蹙了一下眉頭。怎麼可能！

她才不信！

她走到許景宸面前，對他綻放了一個笑容，接著明顯地看出許景宸眼前一亮。

這樣才對啊！

並不是她過於自信，她就是看得出來別人喜不喜歡她、對她有沒有好感。

她收起了傘，站到許景宸身邊，「等很久了嗎？」

「沒有，我也剛來。」許景宸心情挺好的樣子，「妳今天的香水很好聞。」

「哦，因爲我不太喜歡下雨天的味道，就擦了這款香水。」劉奇茵把手腕伸到許景宸面前，「是這個味道嗎？」

她的手腕白皙纖細，像是一碰就會斷裂，許景宸輕輕握住，湊上前嗅了一下。

花果調的香氣充斥鼻腔，他忽然覺得這場雨也不這麼煩人了。

許景宸的體溫偏高，在這寒冷的天裡，就算他已經鬆開手，殘留在手腕上的熱度仍久久不退。

「先吃飯，還是先看展覽？」許景宸問。

劉奇茵想了想，「我沒吃早餐，要不先吃飯吧？」

「好啊。」

兩人找了一家餐酒館，各點了一份套餐，又點了一些小點心跟啤酒。

東西好吃，兩人又無話不談，席間他們之間的氣氛宛如醞釀著什麼一樣，瀰漫著說不清道不明的曖昧。

直到啤酒見底，兩人醉倒是沒醉，只是精神狀態更放鬆了。

不知怎麼著，劉奇茵就握住了許景宸的手。

「你手掌眞大。」

但凡想調情又要裝無辜的人，皆是這樣開始的。

大家都是成年人，又各自歷練過，許景宸自然能接收到她的訊息。

不過他有些猶豫，他並不會想批評一夜情或是找炮友，只要雙方你情我願，這沒什麼大不了的。

但就是……

「我以前也沒想過妳是能接受一夜情的女生。」

劉奇茵愣了愣，「你不能接受？」

「倒也不是。」許景宸笑了，半是調侃地說：「妳去做這麼危險的事情，不如找我啊，我也沒有比較差。」

劉奇茵上下審視他，挑挑眉，「可以啊。」

聽她這麼說，許景宸反而笑了。

「妳是從哪裡判斷我可不可以？」

劉奇茵捏捏他的手臂，笑嘻嘻地說：「這個還可以啊。」

大約是喝了點酒，兩人都有點借酒裝瘋，笑鬧著結了帳，就往旅館走。

兩人開了間房，三小時九百。

房間裡氣氛挺好，燈光昏黃，空氣中似乎帶著淡淡的香菸氣味，刺激著兩人的鼻腔。

劉奇茵身經百戰，許景宸倒是有點不知所措。

他嘴上講得從容自在，其實心裡也沒底，雖然不是第一次做，卻是第一次跟沒有確定關係的熟人做。

為了掩飾自己的情緒，他走進浴室裡放了洗澡水。

劉奇茵從他背後探出頭來，「唉唷，輕車熟路啊。」

許景宸沒說話，只是笑了下，脫了自己的衣服，走到一旁的淋浴間洗澡。

氤氳的水氣瀰漫在淋浴間裡，被水一沖，許景宸的腦子稍微清醒了，他忽然有種我是誰我在哪我要做什麼的茫然感。

還沒等他想通，淋浴間的玻璃門便被推開。

他雖然知道是誰，但還是嚇了一跳。

「一起洗吧。」劉奇茵溜了進來，不客氣地打量起他的腹肌跟胸肌。

許景宸好氣又好笑，「還滿意嗎？」

劉奇茵朝他一笑，「不錯不錯。」

兩人迅速洗完澡，此時浴缸水還沒蓄到一半。

劉奇茵圍著浴巾，指尖勾住了許景宸圍在腰間的浴巾，誰也沒說話，但誰都明白接下來會發生什麼。

房間不大，幾步就能走到床邊，劉奇茵還沒坐下，就直接被許景宸抱起來扔到床上去。她沒料到這一著，低低地叫了一聲。

然後唇就被許景宸吻住了。

兩人後來又約了幾次，一個月就這樣過去，劉奇茵對這種生活感到非常滿意。

許景宸的床上表現很好，她漸漸地可以不去想虞清懷了，果然治療暈船的方式就是找到另一艘新船。

本來就是嘛，兩人又沒交往過，她根本不必如此記掛他，那不過就是一時的意亂情迷而已。

劉奇茵感覺自己狀態非常好，她又恢復了過去那個開心過日子的自己。

她只是有點好奇，沒有她的日子，虞清懷都在幹麼？

所謂好奇心殺死一隻貓，劉奇茵覺得自己就是那隻貓。

她更是不應該藉著大砲的社群頁面找到虞清懷。

沒有她的日子，虞清懷壓根無所謂，他的版面充滿了吃喝玩樂的照片，雖然都不是他自己發的，而是別人標記的。

大概是接近年末，所以有許多飯局。

但一股強烈的嫉妒仍是湧上劉奇茵的心頭。

她不曉得自己究竟想看到什麼，她明知虞清懷沒有她，生活也不會有什麼大轉變，可是當眞的發現沒有她，虞清懷也過得很愉快的時候，她依然十分不甘心。

劉奇茵不想認輸。

好啊，來比誰玩得大，沒有你，我同樣過得很好！

她立刻傳了訊息給許景宸。

劉奇茵：出來玩。

許景宸正躺在床上準備要睡了，收到這訊息時愣了幾秒。

許景宸：現在？都快要十一點了。

劉奇茵：就是現在啊，反正你又沒工作，明天不用早起吧。

許景宸：那妳明天不必工作嗎？

劉奇茵：要啊，但是我現在就想出去玩。

許景宸猶豫了一會，他並沒有這麼熱愛夜生活。相較之下他更喜歡待在家裡懶洋洋的，看看電影、玩玩遊戲。可能在別人眼中看來有點無趣，不過對他而言這是最舒服的。

但……

許景宸：大半夜的，妳想約哪裡？

劉奇茵思考了一會，選了第一次見到虞清懷的酒吧。她心裡或許也抱著一點期望，她想讓虞清懷看看，她的身旁也會有別人。

許景宸一看，眉頭就皺起來了。

雖然早知道劉奇茵是個會跑酒吧的人，可是這個時間，他下意識地就爲她擔心。

猶豫了幾秒，他還是沒辦法置之不理。

許景宸：好吧，等會見。

劉奇茵早料到許景宸不會拒絕。

她心滿意足地起身換衣服，化了一個妖豔的濃妝，拎著包包風情萬種地出門。

到了酒吧門口，許景宸已經在那裡等著了。

劉奇茵小跑步上前，「抱歉，花了一點時間。」

許景宸聳聳肩，他倒是無所謂，反正今天出門也只是擔心劉奇茵而已。

兩人進門，劉奇茵跟酒保打了個招呼，他們就在吧檯邊坐下。

許景宸是能喝酒，但不特別愛喝，也對調酒不熟，所以在酒保的建議下，他點了杯中規中矩的長島冰茶。

劉奇茵就不一樣了，她喜歡喝的可多了，因此興致勃勃地看著酒單。

酒吧裡有個小小的舞臺，供駐唱歌手演唱，早一點來的話，還能趕上開放點歌。

歌手的嗓音有些滄桑，唱著一首老歌。

這首歌年代已經很久了，是王菲的〈棋子〉，本來許景宸也沒聽過，是幾年前有個選秀節目的參賽者唱了，他才知道。

我像是一顆棋
進退任由你決定
我不是你眼中唯一將領
卻是不起眼的小兵

我像是一顆棋子
來去全不由自己
舉手無悔你從不曾猶豫
我卻受控在你手裡

〈棋子〉詞：潘麗玉　曲：楊明煌

不知道是不是時間晚了，許景宸被這首歌唱得有些分神。
所以誰是誰的棋子？
劉奇茵點了酒，趴在他背上，「在想什麼？」
「聽歌而已，這個歌手唱得不錯。」

酒保分神回：「Lee可是我們這裡的王牌。」

劉奇茵笑嘻嘻的，「我不喜歡這種調調的歌，太悲情了，這世界哪有這麼多糾結，喜歡就上，上不了就走。」

許景宸偏著頭瞄了她一眼，「妳確實是這樣沒錯。」

劉奇茵頓時語塞。怎麼她覺得自己膝蓋痛痛的？

酒保此時上了酒，笑著說：「說不定她心中也有很深的傷口也不一定。」

許景宸轉頭看她，問：「妳有嗎？」

劉奇茵心跳頓了瞬，忽然感覺許景宸今天特別帥。

沒等她回答，許景宸便端起桌上的酒喝了一口。

他還沒嚐出是什麼味道，劉奇茵的唇就覆了上來，像隻小動物一樣，把他嘴裡的酒液都吸了過去。

「眞好喝。」

她饜足地舔舔嘴角，才笑起來，就見到虞清懷從另一頭走來。

她愣住了。

明明今天不是週五，虞清懷怎麼會在這裡？

哦，對了，放寒假了。

她想打招呼，可是喉嚨像被誰扼住了一樣，什麼聲音都發不出來。

直到這一刻她才明白，自己有多喜歡虞清懷。

就在她沒意識到的時候，自己已經非常非常喜歡他了。

她對自己越不誠實，就越是往下沉淪，這一個月的時間只是加深了她對他的思念。

她想他，很想很想他。

想要馬上投入他的懷抱，即使什麼都不做。

她看著虞清懷，虞清懷也看著她。

她心想，虞清懷會不會跟她打招呼？會不會把她從別人背上抓下來？會不會問她，這些日子都在幹麼？

但虞清懷只是走了過去。

面無表情的，彷彿根本不認識她的樣子，擦過她身邊，一秒也沒有停留地走了。

酒保抬頭瞧了一眼，制式化地開口：「歡迎再來。」

門上的風鈴響了。

門上的風鈴停了。

酒吧裡的歌聲還在繼續。

臺上的歌手不知唱著什麼，她只聽見了聲音，卻聽不懂歌詞。

上次被虞清懷無視，她還能反應過來。

可是這一次，她在見到虞清懷的那瞬間便傻了。

她太久沒見虞清懷了，久得忘記該怎麼反應，可虞清懷依舊是當初那個他，認不認識她，對他而言完全沒有影響。

直到此刻她才不得不真正承認，虞清懷一點都沒把她放在心上。

一點點都沒有。

他不會想她，也不會想聯絡她。

在公眾場合更是直接忽視她。

劉奇茵想哭又想笑，笑自己的種種掙扎全是徒勞無功。

她拿起桌上的酒杯，仰頭就喝乾了。

許景宸不曉得她點了什麼，但仍是有些驚訝，倒是酒保意味不明地呵呵笑了聲，轉身去洗杯子了。

在酒吧裡什麼事情都見過，仰頭乾杯的人，今天又何止她一個？

人人都有乾杯的理由。

「怎麼了？」許景宸問，他沒有注意到虞清懷。

酒吧裡燈光昏暗，人來來去去，若非眞的對那人很熟，遠遠一瞧，也只能認出個六、七成，更別說他跟虞清懷不過就是一面之緣。

劉奇茵茫然地轉頭看他，想哭自己自作多情，更想笑自己自作多情。

不知從何解釋起，她索性連許景宸的那半杯長島冰茶也直接乾了。

兩杯冰涼的酒液下肚，在腹裡發熱。

喝得太快，有點醉了。

她迷茫地想。

這樣也好，醉了就不會感到難過了。

她靠在許景宸懷裡，手懷抱著他的腰，有些昏昏欲睡，同時又有些亢奮。

許景宸無奈地注視著懷裡的女人。

整個晚上都不知道她在搞什麼鬼，唯一能知道的是，她大概心情很差。

他正猶豫著要怎麼辦的時候，劉奇茵雙手攀在他肩膀上，湊到他耳邊說：「我們去做吧？」

還有什麼比這個更能轉移注意力的？

抵達旅館，他們開了一間房，許景宸去放了洗澡水，回頭的時候，劉奇茵已經躺在床上睡著了。

來的路上他就注意到劉奇茵今天特別醉，也沒見她喝幾杯酒卻莫名的瘋。

就像是借酒裝瘋一樣。

他不明所以，但也不是一定要問，至少不是現在問。人睡了就睡了吧，有機會再說。

他幫劉奇茵挪了一個好位置，替她蓋上棉被，又拿了毛巾過來。見她一臉的妝，他不敢貿然往臉上抹，於是改爲把她的手腳擦了擦。

早在一開始，劉奇茵就醒了。

她本來就是借酒裝瘋，之所以躺在床上假寐，是因爲不斷想起虞清懷對她那陌生的眼神，心口疼得不想說話。

但又不是死人，怎麼可能被這樣挪動還不會醒？

她閉著眼睛，感覺身旁的床墊稍稍沉了沉。

大概是許景宸躺了上來吧。她心想。

許景宸把手放在她頭上，拇指摩娑著她額際的髮絲，十分溫柔。

他不問她什麼，也不把她叫醒，只是這樣安靜地照顧她。說要來做愛的，然而也沒有趁著她睡著做些什麼不規矩的動作。

劉奇茵忽然覺得自己的心暖暖的。

她感受到一種被愛的溫暖，哪怕她不清楚許景宸愛不愛她。

她緩緩睜開眼，見到許景宸靠在床頭，閉著眼休息。他的呼吸悠長，是習慣運動的人才會有的狀態。

他應該還沒有睡著。

「喂？」她的嗓音略啞。

許景宸微微睜開眼，「醒了？」

「要做嗎？」

「睡吧，妳都累了。」許景宸的語氣懶洋洋的，或許是夜深了，又喝了點酒，他的嗓音帶著一點磁性，是她以前沒有注意過的。

「我們都花錢進來了。」

「又不是花妳的錢，我就想來睡覺不行嗎？」許景宸似笑非笑地回。

「你幹麼對我這麼好？你喜歡我啊？」

原本只是想調侃他，沒想到許景宸沉默了幾秒，「還可以啊。」

還可以是什麼意思？是喜歡，還是不喜歡？還是普普通通也沒這麼喜歡的喜歡？

劉奇茵眨了幾下眼睛，收起嬉鬧的心情。

「我喜歡過一個人，可是那個人一點都不喜歡我，我明白我應該死心了，卻還是依依不捨。」

許景宸靜靜聽著。

劉奇茵說完，看著他，「這樣你還喜歡我嗎？」

「我知道啊，就是之前讓妳暈船的那個人。」

劉奇茵怔了怔，幾秒之後，一勾嘴角，「對啊，就是他。」

「那妳怎麼想？要在一起嗎？」

劉奇茵猶豫了。

她貪戀許景宸對她的溫柔，不希望他離開她，可是要就這樣跟許景宸在一起，她又不禁糾結。

她依舊放不下虞清懷。

許景宸很有耐心地等著她的回應。

猶豫再三，劉奇茵仍是沒有答案，「我得想想。」

「好。」許景宸沒多問，「妳要想多久？」

「一個……星期吧？」

「好，我等妳答案。」

他一向是個爽利的人，最受不了拖泥帶水，說好了一個星期就是一個星期，這期間他不會再問。

「如果就這樣在一起，可是我心裡還有別人，你不會吃醋嗎？」

「會啊。」許景宸也不說什麼場面話，「只是妳心裡要裝誰，不是我可以控制的。」

「那你不會覺得不公平？」

「會啊。」許景宸笑了，「不過在感情裡，根本沒有什麼公平，一定有一方愛得多，有一方愛得少，追求完全的公平是天方夜譚。」

這個說法讓劉奇茵不禁好奇，「所以你不追求公平？」

「不追求。」許景宸坐正身子，「而且，感情要怎麼量化？又不是像吃飯ＡＡ一樣，我給妳個數字，妳就掏這麼多錢給我。」他頓了頓，「當然啦，雖然不追求公平，也不能差太多。」

劉奇茵想了想，「有道理。」

許景宸深吸一口氣，把手輕輕蓋在她的眼睛上，「別想這麼多了，睡吧。」

劉奇茵感受著他手上的熱氣，「那如果我們沒在一起，你還會跟我出來玩嗎？」

許景宸笑了下，「吃飯可以。」

「上床不行？」

「不行。」他笑著答，「妳都不跟我在一起了，還饞我的身體？」

劉奇茵也被他逗笑，「可不是，誰叫你身材確實練得不錯。」

「謝謝誇獎喔。」

「眞可惜。」劉奇茵又說。

「妳也有能夠不可惜的選項。」許景宸隨口答，伸手關燈。

房間裡一片漆黑，許景宸的手從劉奇茵的眼上挪開，她卻睜開了眼睛。

看著窗外透進來的微光，她有點茫然了。

她明白自己這樣不好，可是她不能既跟許景宸在一起，心裡又放著虞清懷嗎？

反正只要她不說，許景宸就不會知情，那她就能過著現在的日子，想出來的時候有玩伴，而如果虞清懷有機會跟她在一起，她也能隨時跟許景宸分手。

這不就是騎驢找馬嗎？

做這種事的人又不只她一個。

想到這裡她就笑了。是啊，又不只她一個。

這世上難道每一對情侶都是心裡都只有對方？

若眞是如此，就不會有這麼多人外遇了。

「喂？」她又出聲。

「嗯？」

「如果我心裡有其他人，暫時忘不掉，你能接受嗎？」

許景宸沉默了幾秒，嘆了一口氣，「妳可眞老實。」

劉奇茵笑了，她點亮床頭燈，跨坐到他身上去。

許景宸還沒反應過來，劉奇茵已經在他唇上啄了一下。

「可以嗎？」

許景宸的雙手扶在她腰上，見到她的眼睛裡頭亮燦燦的，像一個孩子一樣期待。

他捨不得讓她失望，哪怕這個提議令他並不舒服。

許景宸猶豫了幾秒，劉奇茵不給他思索的時間，直接吻了上去，小巧的舌尖探入他的口中。她很清楚他不會推開她，便肆無忌憚地與他糾纏。

好半晌，許景宸扶起她，兩人喘了幾口氣，他無可奈何地說：「我要是不答應，妳打算就這樣一直親下去嗎？」

「對，我打算色誘你。」

劉奇茵一本正經地說。

她舔了舔自己的嘴唇，又道：「你快答應我，我們還有一點時間可以做。」

許景宸失笑，「妳這都什麼毛病？」

劉奇茵嘟嘴，「我哪有什麼毛病，我是說眞的。」

許景宸嘆了口氣，「妳眞的想好了？」

「想好了。」

「我對感情滿認眞的。」

「我也滿認眞啊。」劉奇茵不滿了，「你說這話什麼意思？難道是覺得我不認眞嗎？」

「畢竟妳才剛說妳心裡有別人，我怎麼相信妳會認眞？」

劉奇茵一愣。說的有道理。

不過她沒打算跟許景宸講道理。

「那你要不要嘛？」

許景宸好笑地看著跨坐在自己身上的女人，「我不答應是不是就走不出這間房了？」

「對。」劉奇茵也笑，雙手扼在他頸間，「答不答應？」

許景宸不得不投降，「好吧好吧，女朋友，可以起來了。」

劉奇茵頓時得意。看吧，她想要的沒有得不到的。

她心滿意足地下來，下一秒就被許景宸翻轉撲倒在床上，雙手被他禁錮在兩側耳旁。

「女朋友，是不是該履行義務了？」

劉奇茵先是有些意外，下一秒將雙腿纏上他的腰，「好啊，男朋友。」

過了年，天氣還是冷得讓街上行人縮著肩膀。

劉奇茵和許景宸交往了一個多月，從一開始約在外面，到後來直接約在家裡見。

劉奇茵不特別喜歡打掃，家中很多地方雖然髒，反正睜一隻眼閉一隻眼也就過了。但許景宸來到她家一看，卻有點坐不住。

「那角落積了灰，妳知道嗎？」

「啊？」劉奇茵探頭瞧了一眼，「哦，現在知道了。」

「妳要掃嗎？」

「不要。」劉奇茵一口拒絕，又問：「你有潔癖啊？」

「沒有，我就是喜歡乾乾淨淨的。」

「處女座？」

「……對啦！我就是有潔癖怎麼樣！」

「有人惱羞成怒嘍，哈哈哈。」劉奇茵半裸著上背，趴在床上，「要不你去掃？」

許景宸躺在她身旁，「可以啊，但妳家有打掃用具嗎？」

「我有掃把跟拖把啊，在廁所，你自己去找。」劉奇茵翻起身，抱著被子坐到電腦前，瀏覽社群網站。

許景宸套上褲子，走進廁所看了兩眼，又探出頭來，「沒有抹布嗎？」

「在毛巾架上。」劉奇茵頭也不回地說。

「妳把毛巾跟抹布晾在一起？」

「沒有別的地方晾啊。」

「……好吧。」

許景宸看了看，拿出了不曉得多久沒用的掃把，眞的打掃了起來。

劉奇茵不知道要幫什麼忙，而且她也不想幫忙，於是乾脆打開影音平臺，開始看起韓劇。

等她把一集看完，許景宸剛好也打掃完了。

天氣還冷著，他卻滿身大汗。

劉奇茵瞥了他一眼，「你沖個澡吧，都是汗了。」

許景宸頷首。

他快速沖了個澡，出來的時候，劉奇茵坐在一旁的小沙發上，正等著他。

「我餓了。」

許景宸應了聲，「那要叫外送還是出去吃？」

「這個時間點也沒什麼能選的了，不然就是要跑好遠。」劉奇茵看了眼時間，「都十點多了，叫外送吧，然後我去樓下超商買點喝的。」

「我們一起去？」

「我去就好啦，我順便等外送，再拿上來。你去，樓下的警衛也不曉得你是誰。」

「但是妳一個女生這麼晚還出門……」

劉奇茵笑了幾聲，「哪裡晚了，這時間夜晚才剛開始好嗎？」

她把手機丟給許景宸，「我點完了，你直接點就行了。」

她說完，走到衣櫃前拿了乾淨的衣物，三兩下穿上。

許景宸很快點好餐，「我送出訂單嘍？」

「好。」

劉奇茵穿上大衣，攏了攏頭髮，許景宸走到她身旁，環住她的腰。

「這麼冷，還是我們一起吧？」

「唉唷，你一個男人別這麼囉囉嗦嗦的。」她有點不耐煩，「又不是什麼大事，超商也在我們這棟大樓，沒多遠，大門口還有警衛，有什麼好擔心的？」

許景宸聽得出來她的情緒，只好閉嘴。

劉奇茵沒再多說什麼，拿著手機、錢包、鑰匙就出門了。

看著大門關上，許景宸心裡忽然不太舒服。

他做了這麼多，沒得到一句感謝，也沒得到一個擁抱，反而得到的是不耐煩的口氣，和一間只有他一個人的屋子。

這屋子如果沒有她，他待在這裡有什麼意義？

退一萬步說，他打掃這間屋子也是爲了她，否則他是犯賤嗎？

他大可以視而不見，反正跟他沒什麼關係。

許景宸往後靠在沙發上，嘆了一口長氣。

時日尚短，所以還不能確定，但他心裡總覺得劉奇茵對他，並不像他愛她一樣多。

「再等等吧……」他用手臂蓋著自己的眼睛，深深吸了一口氣，又慢慢地吐了出來。

希望時間可以讓她多愛他一點。

走出社區大門時，劉奇茵被冷風一吹，打了個顫。

她快步走進超商，挑好自己的飲料之後，才發現自己根本不清楚許景宸喜歡喝什麼。

他好像什麼都能喝吧？

劉奇茵站在冰櫃前，猶豫了一會，決定各種飲料都買一瓶。

她寧可多花一點錢，也不想打電話問，她怕許景宸又要跟上來，或者又在手機那頭黏乎乎的。

交往之前不清楚他是這樣的，可能那時候雙方是朋友，沒什麼好黏的，一變成男女朋友之後，她只覺得許景宸對感情的重視程度超過她的想像。

可她需要一點個人空間，不想要生活中總是時時刻刻只有這個人。

劉奇茵結了帳，拎著飲料坐在落地窗前的位子等著。

她滑開IG，點進虞清懷的頁面。

虞清懷有用IG記錄最近吃了什麼東西的習慣，可能不會是每一餐，不過若是有比較特別的，他通常會拍照，然後標記地點。

她常常看著照片心想，不知道虞清懷吃這些東西的時候，心裡都在想些什麼。

這時，她的眼角餘光瞄到外送人員來了，便連忙走了出去。

拿到餐點，她返回住處，許景宸正坐在沙發上看電視。

見她回來，他迎上前去接過了東西。

「這麼重，怎麼不叫我下去拿？」

「你又沒有電梯磁釦。」劉奇茵一邊脫下大衣一邊說。

「也是。」

許景宸把餐點一樣一樣取出來，擺在桌子上，劉奇茵挨在他身旁坐下，伸手拿了其中一份餐，又從袋子裡拿出一罐可樂。

「這裡面的你都能喝。」劉奇茵指了指袋子。

許景宸挑了一瓶，「明天妳有什麼計畫？」

「明天我要上班。」劉奇茵邊吃邊說，「應該會滿晚才下班。」

言下之意，許景宸聽得很明白。

「好，那我就自己找事情做了。」

劉奇茵又開始感到有些煩，「你本來就可以自己安排行程。」

「我不希望我的女朋友要找我的時候，我沒空。」許景宸看著她說。

劉奇茵在心裡翻了一個白眼。

「不用，你沒空就跟我說沒空就好，我就找別人出去玩。」

「這樣妳有沒有我這個男朋友，有什麼差別？」

本來就沒什麼差。劉奇茵心道，不過她當然不會白目到把這句話說出來。

「隨你。」

兩人之間的氣氛就這樣僵住了。

劉奇茵也懶得說話，把手上的食物吃了。

唉，好想叫他回家，可是又不曉得該怎麼開口。劉奇茵正糾結著，一面滑著手機，突然看見喜歡的韓團的消息。

她眼睛一亮，仔細瀏覽了內文。

她不算追星族，不過還是有幾個挺喜歡的韓團，也願意買他們的專輯跟周邊。

許景宸注視著她的側臉，想了會，起身穿上外套，「我先走了。」

「啊？」劉奇茵略感意外，「你要走啦？」

「對啊，趁著還有捷運。」他笑了下，想抱抱她，但終究沒有。

「那，我送你下去吧。」劉奇茵起身，「不然你也沒磁釦。」

許景宸笑了笑，不置可否。

她並不打算留他，看來他剛剛的感覺確實沒錯。

她無意在他身上多花心思，當初說要交往，也不過就是一種狡猾的妥協。

劉奇茵沒有眞正把他看成是男朋友，只是因爲不希望失去他，才給了虛僞的承諾，然而她又不願委屈自己，所以她心裡還裝著其他人、所以她不想對他敞開心扉。

兩人安靜地離開房間，進了電梯，劉奇茵覺得自己應該說點什麼，才不會顯得這麼渣。

「那……外面滿冷的，你回家小心點。」她說完自己都暗暗吐槽，這兩句話之間有什麼邏輯嗎？臺灣的冷風還不至於會殺人吧？

「好。」

電梯抵達一樓，在門開之前，許景宸一把將劉奇茵擁入懷裡。

他手上用了些力氣，擠得她有點呼吸不過來。

「希望妳不要讓我等太久。」他低低地說。

劉奇茵壓根沒聽明白，「你先放開我再說話啊。」

許景宸鬆開了手。

此時電梯門也開了，他率先走出去。

三月底，氣候暖和許多，街上有些人已經穿起短袖。

從澳洲回來後休息了大半年，許景宸也差不多打算開始找工作。他上網投履歷，忙了一會之後，點開了臉書跟IG。

他習慣先瀏覽劉奇茵的頁面，看看她有沒有什麼新動態。

剛交往的第一個月，他們感情還算可以，可是後來，慢慢地他能察覺到劉奇茵與他之間的隔閡。

許多事情他都是看劉奇茵的臉書跟IG才得知。

他有點沮喪，還有點失望，但同時也明白這逼不得。

誰又能逼誰愛上誰？

他只能對她更好，希望能讓她愛上他。

劉奇茵的臉書轉貼了一則烤鴨的廣告，內容寫著「好想吃烤鴨」。

許景宸瞧了眼時間，拿起手機打電話給店家，訂了一隻烤鴨準備晚上去拿。

他想給劉奇茵一個驚喜。

劉奇茵坐在公司裡，望著窗外，就要四月了。

這時候去日韓玩最棒了，四季分明的國度，連花都開得特別燦爛。

她托著腮，嘆了一口氣。

可能是季節變化，這幾天她總是特別地想念虞清懷，離得越遠，越想念。

她忍不住傳了訊息給他。

劉奇茵：最近怎麼樣？

虞清懷：還可以，妳呢？

咦？怎麼是秒回？

劉奇茵感覺自己的心臟怦怦跳了起來。

原來她這麼喜歡虞清懷嗎？

她一直以為自己不是非誰不可，但現在才知道，原來自己的心，會隨著這樣一個簡單的問句而劇烈跳動。

劉奇茵：還不錯啊，清明連假，你有什麼規畫？

虞清懷：我打算去韓國一趟。

劉奇茵：自由行？還是跟團？

虞清懷：自由行。

劉奇茵：跟朋友嗎？

虞清懷：自己。

劉奇茵此時不禁蠢蠢欲動了。

她也想去，她本來就想在這個時間點去日韓，有人可以一起去的話，或許還能分擔住宿費。

當然，她也明白這些都只是藉口，重點是她想跟虞清懷一起去。

虞清懷：以前她提過想去韓國看看，想知道是不是眞的跟韓劇裡面的場景一樣美。

劉奇茵很清楚他說的是誰，就算他從頭到尾都沒跟她提過那個女生的名字。

虞清懷的心中，始終只有這一個人。

虞清懷：剛好我論文寫得差不多了，就等口試，所以想把握時間去走走。

劉奇茵猶豫了幾秒。

劉奇茵：我剛好有假，不如我跟你一起去吧？這樣還能分攤住宿費。

虞清懷那頭安靜了一會。

虞清懷：可以啊，我是四月三號晚上的飛機，四月六號晚上回來。妳要是買得到機票，可以一起來。我訂的是旅行社的機加酒，住的飯店在地鐵站附近。

劉奇茵：好啊，等我買到機票，我們就在飯店大廳碰面。

虞清懷：可以。

劉奇茵一秒也不耽擱，立刻上網買機票。

時間這麼近，又是清明連假，能買到機票就已經是一件很幸運的事了，至於價錢什麼的……呵呵，只能說幸好她有存款。

機票是不好訂，好在現在有整合各家航空公司訂票資訊的網站，所以還是可以買到，價格也在她預期的範圍內。

劉奇茵火速訂妥機票，並填了假單，提早一天休假，等到都打點妥當之後，才問了虞清懷的住宿地點。

虞清懷像是一點也不意外，沒多問她什麼就直接把飯店地址告訴她。

劉奇茵很好奇，虞清懷難道什麼都不想知道？

他不想知道那天跟她一起在酒吧的人是誰？也不想知道這些日子她在幹麼？更不想知道她爲什麼突然就說要跟他去？

好像他們中間從來沒有過這段空白，好像不管她如何來去，他都不會有什麼反應。

或者他不是不想知道，只是壓根不在乎？

這個認知令劉奇茵有些焦慮。

這情況只有兩種可能，一種是愛到深處，她怎麼樣，他都能包容；另一種則是她怎麼樣，他完全無所謂。

劉奇茵笑了，想也知道她在虞清懷的心中不會是前者。

她嘆了一口氣。

虞清懷眞是讓她進退兩難，放不下，又提不起。

她倒是很想提起，問題是，她能感覺到虞清懷的心裡宛如有一扇門，他只讓他選擇過的人進去，而她並不是他選中的人。

每當她想靠近，就會發覺被阻擋在外，但要放棄，她又捨不得。

這種不得其門而入的感受，眞的令人很不爽。

劉奇茵就抱著這種心情一直工作到晚餐時間。

她的工作是輪班的客服，一個月總有幾天得留守到晚上十點，不過也有幾天是下午才上班。

正好她今天排的是最累的班，早上九點到晚上十點。

同事跟主管都紛紛打卡下班了，整個辦公室就剩她跟另一個同事。

「我們兩個人叫外送吧？」她問。

同事也懶得出去買，於是欣然同意，但這個時候，許景宸的訊息來了。

許景宸：吃過晚餐了嗎？我在你們公司樓下。

劉奇茵愣了幾秒，拿著手機就走出去，打了語音給許景宸。

「你怎麼來了？」

許景宸那頭的聲音很溫暖，「我來幫妳送晚餐，妳不是說想吃烤鴨嗎？我早上訂了，剛剛去拿，現在吃還熱的。」

劉奇茵無語了。

是，她是知道許景宸對她很好。

可是這種好，讓她非常有壓力。

她不想要別人對她這麼好，何況她又沒跟許景宸說過她想吃烤鴨，她就是半夜看見烤鴨的廣告，順手轉貼而已。

她沒辦法把這些話說出口，她也明白自己這麼想簡直是莫名其妙，然而她就是有種被窺探了的不悅感。

「怎麼了？」許景宸在電話那頭敏銳地察覺到她的無言以對。

「沒有，我下去拿吧。」

劉奇茵沒等許景宸回應就掐斷電話，她深呼吸了幾次，才按下電梯。

她想壓抑心中的不耐，又感到壓力很大。

到了大廳，她一眼就瞧見許景宸站在一旁。

她走上前拍了拍他的肩膀，「嗨。」

許景宸轉過身，朝她笑了，抬手摸摸她的頭，「辛苦了。」

劉奇茵也笑了下，「還好。」

許景宸拎著烤鴨在她眼前晃了晃，「我幫妳拿上去？」

「不用不用，我自己拿上去就好。」劉奇茵連忙接過烤鴨的袋子，她想直接上樓，又覺得這樣對許景宸太狠心。

於是她握了握許景宸的手，「謝謝。」

許景宸寬容地一笑。

「好吧，那妳自己拿上去。」

劉奇茵點點頭，「我走了，你回家小心。」

「好。」

劉奇茵往前走了幾步，又想到什麼似的停下腳步，回頭說：「我四月四號到四月六號要去韓國。」

「啊？這麼突然？」

「嗯。」劉奇茵頓了頓，「跟朋友約好了。」

一股不妙的預感從許景宸心中升起，劉奇茵哪有什麼朋友？「男生？」

「……嗯。」

許景宸腦海裡空白了幾秒，走上前拉住她的手。

「妳一定要去？」

「我機票已經買好了。」劉奇茵心知自己這樣做不對，可她一定要去，於是她用憤怒掩飾了自己的愧疚，「你不相信我？」

許景宸氣笑了，「我女朋友要跟別的男人出國，妳要我怎麼相信妳？」

劉奇茵沉默了幾秒，她確實無話可反駁。

「隨便你。」

「妳一定要去？」許景宸沒放開她的手，又問：「即使這樣會導致我們分手？」

「你是在威脅我嗎？」劉奇茵的火氣越來越大，本來還有一點內疚，此刻已經完完全全消失。

「不，我是在提醒妳，這件事情就是二選一。」許景宸直直盯著她，「妳不可能什麼都要。」

劉奇茵甩開他的手，「那就算了，我也不是非你不可。」

「好。」許景宸頷首，「好，那就這樣了。」

他轉身就走，劉奇茵想拉住他，卻不曉得自己該怎麼留下他，他的要求，她辦不到。

第四章

收了店，舒春安跟阿拉坐在角落，一人抱著一杯飲料，面前還有一些炸物。

兩人都有點疲倦，早上六點開店，必須提前一小時準備，下午兩點打烊，得收店到三點多。

五月底，天氣已經很熱，就算店裡面開著冷氣，她們仍經常忙得滿頭大汗。

離開虞清懷之後，舒春安回到了老家。那時阿拉的店開幕沒多久，舒春安有早午餐店的工作經驗，又急於找事情轉移注意力，所以休養了幾天，就到阿拉的店裡工作了。

阿拉是店長，舒春安掛名經理，但實際上店裡不過就她們兩個，加上一個念附近大學的外場工讀生。

因為地段選得好，就在大學旁邊，所以這兩年下來，生意算是漸漸穩定。

阿拉喝了一口薄荷蜂蜜檸檬，滿足地長舒一口氣。

「七月店休一個月，妳有什麼計畫嗎？」

由於開在學校附近，暑假期間是他們生意最差的時候，因此今年阿拉早早就決定了七月要店休。

「先休息一下吧，然後我想去旅行，可能去東部看看，應該不會出國，現在買機票都太貴了。」舒春安聳聳肩，忽而一笑，「但如果有喜歡的團，說不定就衝了。」

阿拉頷首，舒春安又問：「那妳呢？有什麼計畫？」

「目前應該是找人來把店裡重新整修粉刷一次吧。」阿拉想了想，「還有內場的器具，看看是不是請廠商來保養一下，反正有一整個月的時間可以慢慢整理。」

「這樣我是不是要留下來幫妳的忙啊？」舒春安笑嘻嘻地問。

「不必。」阿拉拒絕了她的提議，「我一個人就能做了，而且妳留下來是要幫忙油漆粉刷嗎？妳就去放假吧，我們一年到頭也沒休假幾次。」

舒春安便不客氣了，她點點頭，「確實有點累了。」

「資本額少就是這樣，什麼都只能自己來，校長兼撞鐘。」

「沒關係啦，至少現在什麼都好轉了，再過幾年，我們就能多請一個人，我們兩個輪流值班，一個人月休十五天。」舒春安很樂觀，「這樣我們就有更多時間可以出去玩了。」

阿拉忍不住笑，揉了揉舒春安的頭髮，「妳還是跟小時候一樣天真。」

舒春安愣了愣，也笑，「我這是赤子之心。」

「是嗎？」阿拉一臉懷疑，「難道不是蠢？」

「妳才蠢！」舒春安跳起來，「杯子給妳收，我要回家了。」

「去吧去吧，幫我鎖門。」

「好。」

舒春安背起包包，從裡頭掏出鑰匙。

當初租房子的時候，阿拉就是一整棟租下來，二樓有兩個房間，一間當倉庫，一間就是阿拉的房間。她打的如意算盤是，這樣上班方便，起床只要梳洗，省了通勤時間。

舒春安則是住老家。

她戴上安全帽，慢慢地騎回家。

陳女士一向睿智，當年見她連夜回來，早上五點就出現在家門口，一臉病容且疲倦得像是不想活了，當下即刻下令全家人都不准問她爲什麼搬回來住。

所以那段日子，她常見到自家小弟欲言又止地看著她，但終究什麼都沒問。

直到今年，小弟都去上大學了，她才忽然意識到事情都過去兩年了。

回到南部後，她有時會覺得時間很長，長得像是再也不會天亮，她能看一整晚的夜空，睜著茫然的雙眼去上班。

她也會在上了一整天的班之後，躺在床上怎樣都睡不著，盯著夕陽西沉。

偶爾不上班的時候，她常常躺在床上，什麼事都不想做。

她現在幾乎想不起那段時間她做過什麼。

但時間終究可以消弭許多事情。

某一天，她忽然敢回憶了。

回憶那些一塌糊塗的過去。

回憶自己全心全意撲在虞清懷身上的日子。

然後明確地感受到有一部分的自己，已經死了。

現在的她，就算哭、就算笑，都不再算是完整。

返回自己的房間，舒春安先沖了個澡，然後才躺上床。

阿拉說她跟小時候一樣天眞，其實不是的。

她只是嘗試著用樂觀的方式看待一切，否則那段日子這麼苦，她怎麼過？

她姿勢很醜地倒在床上滑手機，突然看見許景宸的發文出現在她的頁面。

發文的時間是三天前了，內容寫著：都兩個月了啊……

下面有人留言：最多數半年。

留言的人她認識，是大學同學，雖然沒說過幾次話，不過名字她還是認得出來。

數半年？什麼東西數半年？

舒春安點進許景宸的帳號，翻了幾篇貼文才恍然大悟，原來是失戀。

她莫名想跟他說點什麼，安慰一下他也好，也沒怎麼深思就LINE了許景宸。

舒舒舒春安：嗨，好久不見。

許景宸過了一會才回應。

許景宸：好久不見。

舒舒舒春安：最近好嗎？
許景宸：還可以吧，妳呢？
舒舒舒春安：我回老家了，在南部。
許景宸：所以妳現在在上班？
舒舒舒春安：沒有，我在早午餐店工作，剛剛下班。
許景宸：是喔！感覺好辛苦。

兩人不著邊際地聊了一會，舒春安漸漸感到睏意襲來，但她還想著不知道該怎麼安慰許景宸。

莫名其妙提起這件事顯得突兀，可是她又很想安慰他。

對話沉默了下來，停在一個不知所謂的情況，舒春安雖然想再多說點什麼，然而她睡著了。

等她醒來的時候，已是晚上七點多了。

陳女士提著晚餐回來，食物的香氣讓她的肚子咕嚕咕嚕叫。

她抓著手機，披頭散髮地走進客廳，「媽，妳回來啦。」

「便當在桌上，自己吃。」陳女士放下包包，快步走進臥室，「熱死了，我先洗個澡。」

舒春安一邊打開便當，一邊拿起手機，看見了她睡著之前，許景宸留給她的一句話。

許景宸：妳在南部啊？那妳什麼時候休假？我去南部找妳玩。

都四個小時前的訊息了，舒春安頓時有些不好意思，連忙回話。

舒舒舒春安：看你什麼時候有空，我可以跟同事調班，不過假日可能不行，假日客人很多。

她等了一會，沒等到許景宸的回應，索性也不管了，專心地吃起飯來。

天氣很熱，才早上十點半，許景宸從火車站走出來的時候，已經一身汗了。

跟劉奇茵分手之後，他很快收拾好了心情，只是心底總還有一些說不清道不明的憂鬱。

有時他會想，自己是不是真的這麼差，所以才沒辦法把劉奇茵留在自己身邊，所以劉奇茵才會選擇別人，而不是他。

失戀最讓人難受的，大概是隨之而來的自我否定。

感覺自己完全失去了價值，是被人扔下的、不要的東西。

其實他後來想想，可能是時間太短暫了，不過交往三個月而已，比起傷心，他更多的情緒是自我懷疑跟不甘心。

他還想證明更多，證明自己是有用的，而不是別人捨棄的。可是他不可能回頭去找劉奇茵證明，於是這件事情便擱在他心上，使他輾轉難眠。

因此他才想來南部走走，就當見見老同學，轉換一下心情，說不定會有新的想法。

他搭高鐵下來，又轉了區間車，才終於抵達約定地點。

跟著人潮出站，他在人群尋找久別重逢的舒春安，原先還擔心會不會認不出對方，沒想到在洶湧的人潮之中，他一眼就瞧見了她。

前幾天約定好時間地點之後，他還特地回去找以前大學時期的合照。

畢業典禮那天，大家曾穿著學士服在校園各個角落拍照，照片裡的舒春安留著一頭長髮，綁了馬尾，看起來十分有活力。而現在她把頭髮剪短了，清爽的短髮將她的五官襯得更加精緻。

她穿著連身洋裝，在人群之中探頭探腦的，像隻小動物。她的五官好看，但身上那種靈動的氣質更加引人注目。

劉奇茵也長得好看，跟舒春安卻是完全不同的美。劉奇茵更加野性、妖豔，時而慵懶嫵媚，而舒春安還帶著一點天眞。都畢業幾年了，她的眼裡依然流露出一點好奇，猶如孩子似的。

……好可愛！

許景宸一瞬間就心動了。

他跟劉奇茵算是日久生情，而且彼此都上過床了，所以也認爲可以交往看看。

可是舒春安讓他有一種心動的感覺，明明大學的時候不曾這麼覺得過。

難道是因爲失戀不久，所以反應都有點壞掉了？還是他太久沒認眞看過其他女生，就只專注在劉奇茵身上，才會如此反常？

他一面糾結，一面朝舒春安走去。

舒春安看到許景宸時也有些陌生。

果然，時間可以改變很多事情。

雖然當年她跟許景宸一起打工的時候，也沒怎麼仔細看過人家，但現在一瞧，仍感覺他身材變壯、膚色變健康了，不再是當年那個高瘦白的青年，多了些成熟的男人味。

許景宸站在舒春安面前，兩人先是相視無言，而後異口同聲地說：「好久不見。」

「眞的好久不見。」舒春安笑了下，「怎麼樣，吃飽了嗎？要不要先去吃點什麼？」

許景宸搖搖頭，「還好，剛剛在車上吃了東西。」

「嗯……可是我還沒吃。」舒春安摸摸肚子，「那你先陪我去吃東西？」

「好啊。」許景宸心情不錯，或許是南部的陽光很好，也或許是眼前的人很可愛。

他承認男人就是這麼膚淺的生物，不管怎麼樣，外表總不能太差。

倒也不是一定要濃妝豔抹，或者豔麗得不可方物，重點是整個人有沒有自己的特色，以及妝容跟衣服適不適合自身氣質。

許景宸覺得能找出自己最合適的穿衣風格，比只懂得流行是什麼更重要。

而舒春安，很棒。

她穿著一身墨綠色的長洋裝，布料看起來十分涼爽，腳上穿著涼鞋，整個人透出一股輕鬆的度假氣息。

兩人走到機車旁，舒春安拿了一頂安全帽給他。這一瞬間，許景宸考慮過是不是由他來載舒春安。

不過在他猶豫的時候，舒春安已經牽好了車，朝他笑了笑，「上車啊。」

許景宸連忙戴上安全帽，跨上後座。

他人高馬大，讓舒春安更顯嬌小，機車起步的時候，車頭甚至歪了一下，嚇得許景宸連忙從後座伸手去穩住車頭。

舒春安哈哈笑了兩聲，「不好意思啊，我很少載男生，一下子沒抓到重心。」

許景宸瞄了兩人交疊的手一眼，又默默收回來。

舒春安一點都沒注意到，又道：「要不你扶著我的腰吧，這樣重心比較穩。」

許景宸沒有猶豫，立刻把雙手放在她的腰側。

他心裡盤算著，要是眞的出車禍的話，自己大概還可以一把將舒春安抱在懷裡。

就像當年打工時，他一把將舒春安攔腰抱起一樣。

過去相處的回憶逐漸浮上心頭，等到了舒春安想吃的餐廳門口，許景宸已經把大學四年有關舒春安的回憶都想了一次。

兩人踏進餐廳，舒春安早就提前訂位了。

點完餐，舒春安搶了帳單就跑，「我結我結，你難得來南部玩，當然是我招待你吃飯。」

許景宸望著她飛奔而去的背影，忍不住覺得好笑。

他也沒有不讓她結帳，她跑這麼快，像是在逃命一樣。

結了帳，舒春安回到位子上的時候，手上拿著兩瓶飲料。

「你想喝哪一種？冷泡綠茶跟桂花紅茶。」她把飲料放在桌上，「南部太熱了，沒有飲料我活不下去。」

許景宸笑起來，「妳怎麼還是這麼可愛？」

舒春安困惑地偏了偏頭，「我就請你喝個飲料，這樣就算可愛了嗎？」

許景宸愉快地搖搖頭，沒有多說什麼，只是指著桌上的飲料，「這裡沒有杯子嗎？我們可以交換著喝啊。」

「對喔，你說的有道理。」舒春安東張西望，在一旁的牆邊瞧見了自取的水瓶跟水杯。

她正想起身，許景宸已經先走過去拿了兩個杯子回來。

「妳要喝水嗎？」

舒春安搖搖頭，「先不用。」

她不太習慣，過去都是她幫虞清懷跑前跑後地處理這些瑣事，一下子變成別人替她服務，她還真有點手足無措。

等待餐點上桌的期間，兩人閒聊了一會。

許景宸跟班上同學的關係不錯，不過舒春安就跟大家很陌生了。聽著許景宸分享同學們的近況，舒春安有種自己在聽podcast的錯覺。

她幾乎想不起那些人的長相了。

許景宸敏銳地察覺到她的情緒，笑著問：「我記得妳跟班上同學都不怎麼熟。」

舒春安不禁尷尬，「對啊，那時候都在忙別的事情。」

許景宸沒追問是忙什麼。

兩人短暫沉默了幾秒，舒春安想起了那段她老是跑去找虞清懷的日子。

他現在過得好嗎？

應該不錯吧，他向來不太被周圍的人影響，只是一心一意地往自己的目標前進。

這種個性的人，通常不會過得太差吧？

她在心裡嘆了口氣，想到虞清懷時，當初那種撕心裂肺的疼痛已經消失，留下的僅有揮之不去的惆悵。

「那我們等會去哪裡玩？」許景宸忽然開口問。

舒春安很可愛地朝他笑了下，「帶你去拜月老。」

南部的陽光總是非常熱情。

兩人吃完午餐，又到附近的百貨商場避了一下毒辣的正午豔陽，幸好他們久未謀面，許景宸又在澳洲待過一段時間，有說不完的話題可以分享，兩人一直在商場待到三點多才離開。

雖說是拜月老，不過按規矩還是要把廟裡所有神明都拜過一次，才能回去找月老。兩人花了大半個小時跟各路神明打招呼，雖然都在陰影處，依舊熱得滿身是汗。

拜完月老，舒春安在廟門旁的店家買了兩杯冬瓜茶，拉著許景宸就坐在廟前的樹下喝茶聊天。

聽完許景宸跟劉奇茵之間的事，舒春安嘖嘖稱奇。

「原來也有這種人啊。」她咬著吸管，一副長見識了的表情。

許景宸苦笑了下，「老實說，難過是真的很難過，但也不是非她不可。」

「我懂。」舒春安頷首，「都什麼時代了，本來就不是非誰不可，只是……」

舒春安頓了頓，低下頭，淡淡地彎起嘴角。

只是，我多希望那個人是你。

陪我一起走遍世界，一起經歷風花雪月、冬寒夏熱。

可惜，當我們說「我多希望」的時候，都是不能實現的願望。

許景宸望著廟宇的屋簷，也沉浸在自己的思緒之中。

兩人一時無話，卻也不覺得彆扭。

「其實你不用太在意，有些人就是這樣，你對她越好，她越不舒服，倒也不是不懂珍惜，可能就是沒辦法坦率地接受別人對自己好吧？」

舒春安說完，笑了下，「那也不是我們的錯啊，對吧？」

許景宸認爲舒春安說的挺有道理。

即使這番話聽起來再怎麼奇怪，但確實有些人就是不習慣別人對自己太好。

不敢坦率地接受別人的好意，又不好意思拒絕，接受了別人的好意又壓力山大，反覆拉扯的結果就是大爆炸。

同意了舒春安的說法，許景宸忽然感覺自己跨過心裡的那道坎了。

他本來一直糾結著是不是自己不夠好，劉奇茵才會選擇跟他分手，可現在被舒春安一開導，他才明白，說到底還是他們並不適合。

他喜歡也擅長照顧人，然而劉奇茵不喜歡被照顧。或許她更喜歡自己追逐、獵食，而非等著人家餵哺。

想通了這一點，許景宸就能完全放下對劉奇茵的執著了。

兩個月了，他療傷的日子都快要比交往的時間還長了。

恍然大悟之後，他忍不住覺得自己有點傻又有點好笑。

「那妳呢？」許景宸看著舒春安，「妳有喜歡的人嗎？」

舒春安想了會，搖搖頭，「沒有吧。」

她不確定自己對於虞清懷還抱持著什麼樣的感情，不過她已經不願再回到過去那段時光了。

現在她過得很好。

「我有時候會想，人需要一個伴侶，是不是一場天大的謊言？」舒春安盯著地板，「也許我們根本不需要另一半，那只不過是電視、電影、小說編造出來的謊言，如果我一個人過得很好，爲什麼還需要另一半？」

許景宸注視著舒春安的側臉，可以感受到她的迷茫。

「不管有沒有另一半，人都是群居動物，或許我們沒有伴侶，但可能有家人、朋友、兄弟姊妹，我想人是不可能完全離群索居的。」許景宸頓了頓，接著說：「哪怕網路再發達，能讓人足不出戶也沒問題，我們在網路上尋找的，不也是一種關係嗎？甚至我們看小說、電影、動漫，關心的不也是另外一群人的生活？」

「也是。」舒春安沒這麼想過，不過她認爲許景宸說的頗有道理。

「所以有沒有另一半確實不那麼重要，但有沒有可以互相支持的人，那就是關鍵問題了。」

舒春安頷首，「那你有嗎？」

「沒有。」許景宸哈哈大笑，「我還是最希望支持我的人是我的伴侶。」

舒春安也笑了，「那你就是說得一口大道理，其實心裡還是想要女朋友嘛。」

「那當然。」許景宸坦率地承認，「如果最支持我的人，就是我的女朋友，那不是一件很幸福的事嗎？」

「這是因爲你對女朋友很好吧，所以也希望她能這樣回報你。」

「是啊，雖然感情裡沒有完全的公平，但如果只有我一個人付出也沒意思。」許景宸雙手撐在身後，嘆了一口氣，「這可是我的切身之痛。」

舒春安想起自己跟虞清懷之間的事，不住地點頭，「確實，如果只有單方面付出，那眞的太累了。」

兩人相視，彼此都淡淡一笑。

誰沒經歷過一、兩件傷心事？大家都不是初生之犢了，明白在愛情裡很開心，但也會很疼痛。

能有多快樂，就能有多痛苦。

舒春安垂下眸光，嘴邊掛著習慣的彎度。

這個習慣是離開虞清懷之後才養成的，因爲不想讓家人跟阿拉太擔心她，她也不曉得該怎麼跟他們說，所以她習慣帶著淺淺的笑，讓自己看起來很好。

「那接下來呢？」

許景宸打破了舒春安的沉默。

他不喜歡舒春安沉默。

舒春安當然也有自己的故事，雖然他現在還不知道該怎麼問，可他不願意舒春安難過。如果他問了舒春安曾經發生過什麼事，不就是逼她回想那些不愉快的過去嗎？

他想保護她。

所以他不會問，至少現在不會問。

「妳聽過一句電影臺詞嗎？」許景宸忽然開口。

「什麼？」舒春安有些不好意思，「我很少看電影。」

「那句臺詞是，世間的所有相遇，都是久別重逢。」他笑了下，「妳說我們這樣算不算久別重逢？」

舒春安跟著笑，「當然算是。」

「你說的那句電影臺詞，是哪部電影？」舒春安有點被這番話給打動，低低地重複，「所有相遇，都是久別重逢……」

「《一代宗師》。」許景宸用手機上網搜尋了資料，遞給她看，「其實我沒怎麼看懂劇情，但就是很喜歡。」

舒春安點點頭，暗暗記下片名。

她站起身拍拍屁股，「你剛才跟月老求了什麼？」

「求個我喜歡、對方也喜歡我的女朋友啊。」

舒春安笑起來，「好，你要是眞的找到女朋友了，就帶她一起來還願吧。」

許景宸看了她一眼，忽然想起一個網路上的傳言——一對男女要是一起拜月老的話，就會被月老撮合。

他的女朋友會是她嗎？

如果是她，好像可以……不，是太可以了！

想到這裡，許景宸有點蠢蠢欲動。

交往三個月，情傷兩個月，也差不多是重新開始的時候了吧？

「那我帶你去吃點心？你還吃得下嗎？」舒春安一邊問，一邊轉頭看他，「……你很開心？」

好久沒見面了，不好意思太直接，不然她想問的其實是：你在傻樂什麼？

許景宸愣了瞬，摸摸自己的臉，「還、可以？」

舒春安偏著頭，「那你要去吃點心嗎？」

「好啊。」許景宸走在舒春安身旁，「人家說來臺南就是一直吃吃吃，眞不是蓋的。」

舒春安聞言大笑，「這才剛開始，你晚上要去逛夜市嗎？」

「當然。」他跟舒春安並肩走著，「妳是在地人，我聽妳的。」

「沒問題。」舒春安豪爽地應下，「一定讓你吃胖三公斤回家。」

許景宸愣了幾秒，「這個……太多了吧？」

「不，你要是沒有吃胖三公斤，就是我這個在地人的問題！」舒春安很有戰鬥力，

許景宸哈哈大笑，「那我回去得加倍運動了。」

「我不能輸！」

兩人一路閒聊，正要過馬路的時候，許景宸走到了舒春安的左手邊，靠車道的位置。

舒春安瞧了他一眼，他笑了笑，沒說什麼。

眞貼心啊。

舒春安心想。

當天晚上，舒春安跟許景宸玩得太晚，錯過了最後一班回臺北的高鐵。兩人在網路上找了家評價不錯的商旅，許景宸就住了下來。訂好商旅，許景宸走出來跟舒春安告別，兩人在門口聊了一會，舒春安有點苦惱。

「我明早要上班，那……不然我下班後再來找你？」

「你們的店在哪裡？」許景宸問。

舒春安「呃」了一聲，「我說了你也不知道呀。」

雖然正值夏季，深夜的風仍然很涼，輕輕地吹過兩人之間。

「那妳給我地址。」許景宸一手插在口袋裡，「我雖然不知道在哪，但是我有google map啊。」

舒春安給了他地址，又露出爲難的表情，「你如果來的話，我沒辦法特別招呼你。」

「不要緊，妳就當我是普通客人就好。」許景宸貼心地表示。

舒春安帶他玩了一天，頭髮塌了，臉上也露出疲態，但他依舊可以感受到她的關懷之意。

舒春安雖然長得漂亮，但她似乎並不覺得自己有什麼特別，完全沒有公主病，什麼事情都認爲自己來就行。就像牽機車，明明他一個年輕力壯的男生站在一旁，舒春安也沒要求他幫忙，自己就俐落地把機車從擁擠的機車叢中拉出來。

大概她一個人過習慣了，所以根本不覺得自己需要幫助。

可他卻因爲如此，更想要替她做些什麼。

舒春安思考了一下，「不然，你中午再來，我招待你吃午餐，然後你等我下班，我再帶你去玩。」

「好。」許景宸乾脆應下，伸手在她的安全帽上拍了兩下，「回家小心。」

舒春安一笑，「放心，現在路上都沒車了。」

「這倒是。」

「你進去吧，我看你進去我就走了。」舒春安說。

許景宸失笑，「這是男生說的話，妳怎麼搶著說了？」

舒春安愣了愣，「啊，是喔，沒關係啦，你去吧去吧，我是地主嘛，應該要好好照顧你的。」

許景宸無奈地笑，「妳怎麼老想著要照顧別人？」

「我……習慣了？」舒春安偏了偏頭，擺擺手，「好了，快點進去吧，明天見。」

許景宸有些依依不捨，又不好表現出來。他輕嘆口氣，點點頭，轉身走進商旅裡。

時間晚了，舒春安騎車回家後，洗了澡便睡了。

隔天十點多，許景宸就到了，這個時間剛好是比較空閒的時候，吃早餐的人已經走了，吃午餐的人還沒來。

舒春安把菜單拿給許景宸，站在桌邊與他閒聊起來，阿拉看過來一眼，又低頭做自己的事。

等到舒春安回來，阿拉狀似無意地問：「妳朋友？」

舒春安點點頭，「我大學同學，他來臺南玩。」

「昨天那個？」阿拉當然知道舒春安昨天請假的原因，她只是有點意外，又不太意外會在店裡看見許景宸。

她仔仔細細打量了許景宸，明白舒春安八成沒多想，就跟高中時一樣。

舒春安接近虞清懷，虞清懷接近舒春安。

舒春安總是要等到後來，才會明白發生了什麼事。

從阿拉的角度看，她早就知道虞清懷喜歡舒春安了，現在，她也能看出許景宸對舒春安有好感。男人行事的目標性都很明確，他喜歡妳就會對妳好，就會不由自主地親近妳。

她不清楚許景宸喜歡舒春安到什麼程度，可這次，她不想再眼睜睜看著舒春安受傷。

舒春安一邊準備餐點，一邊說：「昨天我們聊過頭，錯過了高鐵，所以他多住了一天。等等下班，我再帶他去附近逛逛。」

阿拉「哦」了一聲，「好。」

舒春安下班後，許景宸又陪她去附近吃了午餐。

兩人今天比較注意時間，傍晚時分，舒春安就送許景宸到高鐵站了。

她昨天沒想到，今天倒是記得買了杯飲料，讓許景宸帶著喝。

這兩天，她跟許景宸聊得很開心。久別重逢，她不確定故人是不是依舊，畢竟以前她跟許景宸不算非常熟，不過這次見面她覺得很好。

兩人談得十分投契，大概是都在感情裡受過傷，所以聊起來有種惺惺相惜之感。

許景宸回家後，舒春安把他提到的那部電影找來看了。

她看不太懂這部電影到底想表達什麼，卻對女主角宮二的一段話印象特別深刻。

宮二說：我能在最好的時候遇見你，是我的運氣，想想說人生無悔，都是賭氣的話。人生若無悔，那該多無趣啊。葉先生，說句眞心話，我心裡有過你。我把這話告訴你也沒什麼。喜歡人不犯法，可我也只能到喜歡爲止了。

舒春安躺在床上看著天花板。

是啊，可我也只能到喜歡爲止了。

人生還是要繼續走下去，虞清懷，我這麼這麼的喜歡你，可是終究，也只能到喜歡爲止了。

我不會後悔喜歡過你，可是我得繼續往前走了。

這段日子，只有舒春安自己明白，她只是身體離開了虞清懷，然而心，還是遺留在他那裡。她時時想起虞清懷，偶爾也會看著他的社群頁面發愣。

哪怕她最後是傷痕累累地離開，但她始終沒有怪過他。

她只是覺得很可惜、很可惜。

不是每一對青梅竹馬的戀情都會有好結果，也有像她這樣，幾乎付出了所有的一切，最後仍黯然退場。

自以爲領的是女主角的劇本，其實她始終都僅是虞清懷人生中的配角。

舒春安嘆了一口長氣，「該說是幸運還是不幸運，至少我領的不是惡毒砲灰女配的劇本……」

只是砲灰女配而已。

舒春安沉默了會，終於感覺自己心裡那股堵塞的能量慢慢疏導開了。

虞清懷，再見了。

如果可以，還是不見的好，我沒辦法確定，我見到你會不會又心軟。

不過或許對你而言，我也不過就是一個過客而已吧。

舒春安略帶惆悵地心想，笑了下，在床上滾了滾，慢慢睡了過去。

許景宸回到臺北，呆坐在電腦前。

他知道舒春安一向早睡早起，所以到家後只傳了一則訊息就不再吵她。

他回想著這兩天的點點滴滴，不得不承認自己對舒春安相當有好感。經過這些年，舒春安的氣質越發沉靜，整個人透出吸引人的魅力。

他很心動。

可是兩人隔得這麼遠，就算天天聊LINE，那也比不上天天見面。

許景宸陷入了苦惱之中。

追女生也得天時地利人和，他頂多只能猜舒春安不討厭他，但這距離喜歡他喜歡到願意跟他在一起，還是很有差距的。

他不僅要溫水煮青蛙，還得找各種理由跟藉口下臺南，且不能引起舒春安的反感。

這也太難了吧……

許景宸無奈地靠在椅背上。現在他手中唯一的好牌就是他跟舒春安是大學同學，聊得也算愉快，所以他沒事找舒春安聊天，舒春安應該不會嫌他煩。

之後的話，只好走一步算一步了。

許景宸伸展了一下身體，覺得自己的戀愛之路怎麼都不太好走。不是劉奇茵那種，就是遠距離，他容易嗎？

別人到底都是怎麼追到女生的啊！

七月一號，早餐店準時休店。

其實六月底就沒什麼客人了，大學生都放暑假去了，來客數僅有以往的一半不到。本來阿拉想提早放假，不過儲備的食材還剩一些，因此仍是開到了六月底。

這兩年下來，舒春安早就習慣了天還沒亮就醒，一下子放假了，她也改不回作息。所以今天她醒來的時候，天空還暗著。

她站在窗前看著熹微的天色，心裡頗為期待。

她跟許景宸約好了要去西子灣玩，然後轉往墾丁度假。

這兩個月，他們天天聊LINE，從早安聊到晚安，即使她要工作，只要她有空，許景宸一定都會秒回她。

都到了這個分上，她還說自己不曉得許景宸喜歡她，那也太矯情了。

只是除了虞清懷以外，她沒喜歡過別人，也沒注意過有沒有人喜歡她，她有時不確定應該怎麼對待許景宸。她當然也對許景宸頗有好感，可是這個好感到什麼程度？

她還能奮不顧身地去愛他嗎？

她還能奮不顧身地去愛著誰嗎？

她沒有把握。

上一次她實在摔得太慘，慘得對自己已經毫無信心。

她不知道自己還能不能好好地去愛一個人，也不知道要怎麼樣愛一個人才不會又受傷。

舒春安深吸了一口氣。算了，走一步算一步吧。

以不變應萬變，反正許景宸也沒開口說他喜歡她，她再也不要趕著去跟別人告白了。

伸了個懶腰，她走進浴室裡梳洗。

家裡的人都還沒起床，雖然她有本事弄一桌早餐，不過放假第一天，她決定還是出門買就好了。

當她買早餐回來的時候，陳女士剛剛從房間裡出來。

「妳不是放假？」陳女士神采奕奕，臉上的妝容完美無瑕。

「我要跟朋友去高雄和墾丁玩幾天。」舒春安坐在桌邊，咬了一口自己買回來的早餐，「妳也吃啊，我有買大家的。」

陳女士一邊戴上耳環，一邊坐了下來。

「妳就去上個班，還打扮得這麼慎重？」舒春安不能理解。

陳女士白了她一眼，「我又不是妳，邋遢死了。」

舒春安沒回話，跟陳女士相比，她確實是邋遢。

陳女士都五十好幾了，看起來還是四十出頭的樣子，天天保養不間斷，定期做臉、打雷射，吃的喝的都各種自我苛求。

陳女士優雅地享用起蛋餅。

舒春安覺得她媽身上自帶一種氣場，吃著蛋餅都能讓人感覺她吃的是高級西餐，要形容的話，大概就是女王或公主之類的。他們家連家事都是她跟舒爸爸在做，陳女士是不做這些的。

陳女士的名言之一就是，誰愛做誰做，反正我不做。

「妳是要跟阿拉去玩嗎？」陳女士吃完蛋餅，擦了擦嘴角。

「不是，阿拉會待在店裡，店裡有些東西要整修。」舒春安搖頭。

「所以是跟男生。」陳女士這篤定的口吻，就像柯南在說眞相只有一個一樣。

舒春安掙扎了三秒，想到自己從小到大都沒從陳女士的手掌心逃出生天過，這次乾脆也放棄抵抗，老實地點點頭。

陳女士毫不意外，「妳都二十五歲了，也該開始跟男生約會了。保險套帶著，我的梳妝臺裡有一套旅行保養組，妳等等可以收進行李箱，別讓人看到妳蓬頭垢面的樣子。」

陳女士又上下打量舒春安，恨鐵不成鋼地嘆了口氣，「算了，就這樣吧。」

舒春安頓時氣不打一處來，「媽！妳這什麼意思！我長得哪裡不好了？」

陳女士無動於衷，「妳長得當然好，那是我的基因好，但是看看妳把我的基因糟蹋成什麼樣子。」

舒春安無言，確實陳女士揪她去做臉的時候，她都愛去不去的。

「妳等等就要出門，現在搶救也來不及了，就這樣去吧，反正人家不是說愛上內在的才是眞愛嗎？呵。」

舒春安無言，「我是不太認眞保養，可也不差吧……」

陳女士瞥了眼時間，站起身，「懶得跟妳多說，妳才幾歲眼角就有細紋了，還說不差？要不是妳早睡早起，大概淚痕都要出來了。」

舒春安被陳女士劈頭蓋臉電了一頓，差點沒跪下來問：大師請問我現在怎麼辦才好？

陳女士走到玄關，拿出自己的高跟鞋，一邊往腳上套，一邊又說：「不過，好在妳不是繼續跟虞清懷瞎混了，沒有什麼保養品比得上愛情對女人的滋潤。」

舒春安愣怔了瞬，不知該訝異陳女士連這件事都曉得，還是該訝異會在這時候聽見這個名字。

她走到門邊，完全掩飾不了自己臉上五味雜陳的表情。

陳女士看著她，「每個人的日子都是自己選的，從小我就沒逼過妳什麼，妳得概括承受妳自己做的所有選擇，不管找什麼工作、選什麼男人、過什麼日子，只要妳明白這些選擇好在哪裡，壞在哪裡就行。」

陳女士頓了頓，又道：「妳就是有點死心眼，選擇了什麼就想要一輩子都這樣，但妳十歲時的需求可能是一件小洋裝，這洋裝到妳二十歲時還穿得下嗎？穿不下了，妳還依依不捨是爲什麼？該丟的、該換的，不要手軟，妳總得清出空間，適合妳現狀的人才會出現。」

陳女士很少跟她說這麼多，聽得她一時發愣。

「妳自己好好想想。」陳女士拎著包，臨要出門時又忍不住說：「妳做的最好、最正確的事情就是，受了傷還記得回家。上次是這樣，以後也是這樣，不管幾次，這裡都有妳能待的地方。」

「媽……」舒春安喊了一聲，心中千頭萬緒的，不知道從哪裡開始說起，最後下意識地問：「所以我去一夜情也可以嗎？」

陳女士翻了個白眼，「隨妳，都二十五了，這種事情可以自己決定嗎？」

舒春安略顯尷尬，「我只是有點好奇……」

陳女士哼了一聲，「我要去上班了，妳自己小心。」

說完，她轉身就走了。

看她走得這麼俐落，舒春安心裡不禁羨慕起來。她怎麼就沒遺傳到陳女士這樣的性格？

關上大門，舒春安返回屋裡，進房之前猶豫了三秒，還是走到陳女士的梳妝臺前找出了旅行保養組。

「真的開始有皺紋了嗎……」舒春安不太自信地摸了摸眼角，「果然不保養不行嗎？」

回到房裡，她把保養組放進行李箱，又猶豫了幾秒，還是放棄了化妝。以前不學怎麼化妝，現在臨時要用，還不把自己化成四不像？

距離約定的時間還有點空閒，舒春安躺在床上，點開了她跟許景宸的對話視窗。

他早早就出門了，還跟她打招呼說自己上了高鐵，並在高鐵站買了摩斯當早餐，等會到了就先去租車。她喜歡這樣，許景宸到哪裡、做什麼都會主動告訴她，不讓她擔心，不讓她想太多。

以前跟虞清懷在一起的時候，她總是猜。

猜他在想什麼？猜他到了哪裡？猜他心情好不好？猜他會不會來找她？

舒春安閉上眼，原來被人這麼重視地對待，感覺差這麼多。

她能好好回應這份感情嗎？

她想，可是她怕自己做不好。

她也怕自己會再受傷一次。

抵達高雄，舒春安跟許景宸和大多數的觀光客一樣，逛了各大景點一圈，然後又回到西子灣。

他們訂的民宿就在西子灣旁邊，放好行李之後，兩人坐在窗邊看著海，手上拿著從外面帶回來的飲料。杯身流下了幾滴水珠，他們放鬆地望著夕陽。

舒春安把頭髮綁成了一束小小的馬尾，從後面看起來像一支小掃把一樣可愛。

其實不管舒春安是什麼樣子，在許景宸眼中都只有可愛。

他就是喜歡她。

這兩個月以來，他們天天聊天，聊到連晚餐吃什麼都會互相拍照給對方看。他本來怕舒春安嫌他黏人，後來發現舒春安好像並不介意。

當然，她也有忙的時候，不過只要她有空，都會回訊息。

許景宸很喜歡舒春安這點，他可以付出很多，可是對方也要有所回應，舒春安讓他很有安全感。

「等晚一點，沒這麼熱的時候，我們去逛瑞豐夜市。」許景宸不疾不徐地開口。

舒春安偏了偏頭，「好啊。」

兩人相視一眼，舒春安能從他的眼裡看出情意。

她有點期待，又有點害怕。

「累了嗎？」許景宸問。

舒春安搖搖頭，「不累，就是放空一下。」

「今天開心嗎？」許景宸有意無意地問。

這個問題很重要，他要告白，總得選個舒春安心情好的時候。

舒春安靠在椅背上，望著遠方的海面，沒回答這個問題。

許景宸這間民宿選得很好，客廳就有一面海景落地窗，正好可以看見夕陽。她很少看夕陽，現在坐在這裡總覺得有種魔幻感。

或許就跟她怎麼會同許景宸一起出來玩一樣，總讓她感覺不太眞實。

「舒舒？」許景宸朝她側過身，關心地問：「還好嗎？是不是下午去了太多地方，中暑了？」

舒春安搖搖頭，「沒有，我就是覺得很舒服，所以開始放空了。」

「那妳先去睡一下，等等我叫妳起床？」許景宸離開位子，走到她身旁，伸手摸摸她的額頭，「沒有生病吧？」

舒春安傻傻地仰頭看他。

「怎麼了？」許景宸溫聲問。

舒春安揪住他的衣襬，想了幾秒，又鬆開，「沒有，只是除了我的家人之外，沒人這麼關心過我。」

許景宸摸了摸她的頭，「我們一起出來玩，我當然要照顧好妳。」

舒春安點點頭，心裡感動之餘，又有些不好意思，同時還因爲許景宸忽然離她這麼近而小鹿亂撞。

她以前就知道許景宸長得高，力氣又大，能攔腰抱起她。但那時候她一顆心都撲在虞清懷身上，面對許景宸簡直可以算得上古井無波。

可是現在，她發覺自己好像有點春心萌動。

她仰頭看著許景宸，夕陽餘暉折射在海面上，微微地透進屋子裡。專屬男人的俐落下頷，以及他身上的氣味、手掌心的溫度，所有一切都令舒春安不禁恍神。

氣氛一時曖昧，許景宸下意識地想抱舒春安，卻又怕嚇著了她。

他深吸一口氣，還是往後退了一步。

舒春安有點茫然，有點失望，還有點鬆了口氣。

「我去一下洗手間。」

許景宸離開後，舒春安靠上椅背，注視著漸漸轉爲黑暗的海景，出了一口長氣。遠處的海上隱隱閃爍光芒，夕陽的美麗與魔幻，也不過就持續這一點點的時間。

忽然，燈亮了。

許景宸臉上帶著水珠，走了回來。

「你洗臉啊？」舒春安好奇地問。

「嗯，熱。」許景宸沒再湊到她身邊，而是坐回跟她隔了一張小桌的椅子上。

「熱嗎？」舒春安瞧了眼冷氣顯示的溫度，「二十五度耶？」

「嗯，熱。」

舒春安不解，但也沒再追問。

許景宸偷瞄了舒春安一眼，他總不好跟她說，男人都是比較衝動的生物，遇到喜歡的女生很容易起生理反應，更何況剛剛氣氛那麼好，他沒親下去都覺得自己是聖人了！

「時間差不多了，我們走吧。」

「好。」

兩人穿好鞋，很快往夜市出發。

大概因爲暑假到了，明明是平日，觀光夜市的人卻多得不得了。許景宸一看這大好情勢，立刻掩飾著心裡的激動，順勢就牽起舒春安的手。

舒春安雖然沒掙扎，仍有些錯愕，此時許景宸附在她耳邊說：「人太多了，要是走散就不好了。」

舒春安點點頭，即使不太好意思，但這也沒辦法。

兩人走了一會，許景宸又說：「這裡人太多，太熱了，不如我們買了回民宿吃，我記得民宿老闆說那附近有一片沙灘，可以去那裡玩。」

舒春安一聽眼睛都亮了，連連點頭。

「下午我就想去玩水了，可是天氣太熱，現在去的話，溫度應該正好吧。」

「那就這麼決定了。」許景宸把舒春安攬進懷裡，「這樣比較快，妳看到想吃的就停下來買，我看到想吃的也會跟妳說，我們不要浪費時間。」

舒春安笑起來，「我覺得很熱。」

許景宸也笑了，「超熱。」

兩人買了一大堆食物跟飲料，隨即從夜市撤退，回到民宿。

民宿附近的那片海灘聽說是私人海灘，不對外開放，但因爲跟民宿只隔一道矮牆，所以民宿老闆會偷偷告訴住客可以過去。只要別鬧得太誇張，垃圾記得帶走，沙灘主人不會發現。

夜裡，海風把白日的熱氣全帶走了。

兩人席地而坐，把剛剛買的東西都擺了出來，飲料杯站不穩，就在沙灘上挖一個小洞，讓杯子卡在裡面。

吃完東西，舒春安直接躺在沙灘上，聽著海浪的聲音、吹著海風，她渾身上下都舒服極了。

許景宸把垃圾收成一袋，放到一邊去，也挨著舒春安躺了下來。

兩人並肩而躺，舒春安的腳尖能碰到許景宸的小腿。

她有點不好意思，但並不想躺遠一點。

沙灘依然熱燙熱燙的，舒春安躺了一會，背上被烘得暖呼呼的。

遠處燈塔的光芒一陣一陣掃過他們，海浪一波一波沖刷著沙灘，他們躺的地方離海水有些距離，但還是能感覺到點點水花落在腳上。

舒春安能預想到今晚會發生什麼事，她……很期待。

不知道以後會怎麼樣，可至少跟許景宸在一起的每個時刻，她都是開心跟滿足的。

有人保護自己、一回頭總會看到對方的這種安心，她十分喜歡。

而許景宸這頭則有點緊張，他想著，稍早舒春安在夜市並沒有拒絕他的碰觸，應該，不會太討厭他吧？

觀察好距離之後，他輕輕握住舒春安的手。

舒春安轉頭看他。

他也看著舒春安。

兩人安靜了片刻，許景宸喉頭微微發緊，嚥了口口水，「我們，在一起吧？」

舒春安屏息了一瞬。

她沒有馬上答應，而是想起了大學的時候，她去找虞清懷的事。

那時他們在同一個城市，只要搭捷運跟公車就能到，然而到了最後，她仍是感到很累很累。

「可是，遠距離很難維持感情……」

她不想再像以前那樣了，但她也沒辦法自私地把維繫感情這件事都交給許景宸。

舒春安忽然覺得自己太天真了，他們一南一北的，怎麼有辦法談戀愛？

「這個問題我來想辦法，雖然也許我們不能和在同一個城市的情侶一樣，天天一起吃晚餐，但是至少……兩週一次可以吧？」許景宸坐起身，十分嚴肅地說：「我來找妳，妳待著別動就好，好嗎？」

「可是這樣，你會很累。」舒春安看著他，眼裡帶著一點了然的悲傷。

正是因爲她經歷過，所以明白會很辛苦，同時也明白這時候無論她怎麼說，許景宸都不會聽的。

可是她又不希望許景宸眞的被她勸退。除了虞清懷，他是唯一一個讓她心動的人，她想繼續往前走，而不是一直緬懷過去。

她知道自己也喜歡許景宸。

只是也許年少時候的愛，都是衝動而不計後果的，成年之後，談起愛情多半就不會那麼驚心動魄。

所以她已經沒辦法像當初喜歡虞清懷一樣，那麼奮不顧身地往前衝。

「那妳喜歡我嗎？」許景宸問。

舒春安坐起來凝視著他，抿了抿唇後，點點頭。

「那就好了，我們交往。」許景宸用一種拍板定案的口氣說，「妳負責愛我，其他我來想辦法好嗎？」

舒春安沉默了幾秒，莫名地有點想哭。

她點點頭。

即使阻礙再多，至少眼前這個人願意承諾她，哪怕只是口頭上的承諾，也總比她一個人一肩擔負起所有付出要來得好。

許景宸牢牢地牽住她的手。

「就算很忙很累，只要妳不放手，我就不放手。」許景宸看著她的眼睛。

燈塔的光從他臉上掃過，那一瞬間，舒春安見到他的眼裡燦若星火。

她被打動了。

「好。」

第五章

虞清懷退伍了，並且很快就找到了工作。

他的在校成績本來就不錯，跟指導教授的關係也好，早在入伍之前就已經有談好的公司了。

退伍的隔天，他帶著帽子就去公司辦理報到手續，確定了正式上班的日期，然後迅速找了新家，選了間離上班地點比較近的套房。

房間不大，但以市中心而言已經算是不錯，一房一廳一衛，裝潢是工業風，家具一應俱全，他只需要鋪上床單和枕頭套就足夠了。

整理完新居，把東西一一安置妥當，他沖了個澡，一身清爽後，才坐在電腦前，無意識地瀏覽著新聞。

一切塵埃落定，他並沒有覺得太開心，畢竟這些事情都在他的規畫內。

他從高中就知道，自己未來必定會走上這條路。在金融的世界裡奮鬥，可能會傷害一些人，也可能會被別人傷害，不過他並不怕，甚至有些樂在其中。

他不否認自己是個功利主義者，他只想選擇對自己最有益的道路，也不願意吃虧，對其他人更沒什麼多餘的情感。

他的生命裡沒有什麼脫出了他的控制，除了舒春安。

舒春安的出現跟離開，都不是他選擇的。

他想了一會，不由自主地連上了舒春安的社群頁面。

兩人剛分開的時候，舒春安的頁面幾乎停止了更新，直到他入伍前，才見她偶爾會分享美食的照片。

他知道舒春安回了老家，在阿拉開的早午餐店工作。

可他不知道，原來舒春安有了新男友。

近期更新的照片，附帶了一行簡簡單單的文字——慶祝一週年。

他往下滑了一點，看見舒春安跟新男友的合照，兩人並肩而立，背後是大海，笑得十分開心的樣子。

那天是他們交往一週年嗎？或者只是一個普通的日子？

無數疑問浮上，他的心口像是突然被撕開了一道口子，過去幾年的忍耐跟寂寞，在這一瞬間蜂擁而出。

他撐著頭、閉著眼，忽然覺得自己荒謬無比。他能接受舒春安離開，卻沒辦法接受舒春安有新男友。

這是什麼鴕鳥心態？

他難道會沒想到舒春安總有一天會有新對象？

他早就想到了，只是不想面對而已。

他只是自欺欺人地對自己說：沒事，等到畢業了、退伍了、工作穩定了，舒春安還會在原地等他，畢竟她喜歡他喜歡了這麼久，不是嗎？
虞清懷勾起嘴角，自嘲地笑了。
到底是誰給他的自信，讓他這麼覺得？
這時，手機震動起來，他嚇了一跳，連忙拿起來瞧了一眼。

劉奇茵：我下班了，帶晚餐去你家吃？

虞清懷這才注意到窗外天色已經暗了。
時序進入十一月，天氣慢慢變冷。
舒春安離開之後，已經過了將近三年半吧？其實他記不太清楚了，只覺得舒春安似乎離開了很久很久。
他的寂寞，從她離開的那天開始就沒有停止過。
像是一陣一陣的大風，一直在他心裡颳著。

劉奇茵：你要吃嗎？順便幫你買？

看著劉奇茵的訊息，虞清懷想了幾秒。

虞清懷：出去吃吧，慶祝我遷入新居。

劉奇茵：好，那我在樓下等你。

兩人工作的地方近，所以虞清懷的新住處也離劉奇茵的工作地點不遠。當初找房子的時候，虞清懷曾經託劉奇茵替他留意，這間套房正是透過劉奇茵找到的。不得不說，劉奇茵挑的屋子確實不錯，不管是裝潢還是價格都有中上水準，所以他是該請劉奇茵吃個飯。

虞清懷換了身衣服，帶上隨身物品，一下樓就看見劉奇茵在大門旁等著。

劉奇茵微笑著朝他揮揮手，「房子不錯吧？等會吃完我上去看看？」

「好。」虞清懷簡單應了，又問：「想吃什麼？我請客。」

劉奇茵倒是不客氣，「那就吃牛排之類的吧，既然是要慶祝搬進新居，吃得太普通就沒意思了。」

虞清懷頷首。

劉奇茵對這附近熟，一下子就帶著他走進一條小巷子。

「這家牛排很好吃，又不算太貴，老闆好像曾經是大飯店主廚，現在就是做點自己喜歡的事，所以食材都用得很好。」

劉奇茵推門進去。

小餐廳裡布置得挺溫馨，有點歐洲的氛圍，裡頭座位寥寥無幾，已經有幾個客人了。

他們挑了窗邊的位子坐下，在服務生的建議下，很快點好了餐。

劉奇茵心情相當好，她會挑那間套房當然是有私心在的，最好以後她可以常去，慢慢地在那間新房子裡劃出自己的地盤，所以當虞清懷眞的租下那間房時，她有種心想事成的滿足感。

相較劉奇茵的好心情，虞清懷卻顯得心不在焉。

「你累了？」劉奇茵問，「怎麼不說話？」

虞清懷抬起頭，猶豫了幾秒。他還有點理不清自己的想法，卻又很想找人聊一聊。

「如果妳前男朋友回來找妳，妳會答應嗎？」虞清懷問。

劉奇茵挑眉，「不好說，如果只是吃個飯那倒無所謂，如果是要復合……」劉奇茵沉吟了幾秒，「也不好說，要是當初分手分得很糟，當然就不太可能了。」

「那如果妳已經有男朋友了呢？」

劉奇茵笑起來，「你是說，在我有男朋友的時候，我前男友回來求復合？」

虞清懷不曉得這個問題哪裡好笑，但也跟著彎了彎嘴角，「是啊。」

「這一樣不好說，如果我跟我現任男友感情不好，說不定就順便分一分啊。」劉奇茵聳聳肩，「反正會分手都是有原因的，不是因爲這個就是因爲那個而已。」

「妳倒是爽快。」虞清懷笑了幾聲，「也是，妳本來就是這樣的人。」

劉奇茵托著腮，「所以，你問我這個問題是爲什麼？」

虞清懷看著她跟舒春安有些相似的眼眸，慢慢地說：「我想追回那個人。」

劉奇茵睜大眼睛，「眞的假的？都好幾年了吧？」

「前幾年我忙讀書、當兵，沒有辦法處理，現在我有空了，我覺得我可以了。」

「那她怎麼想？」劉奇茵說完，立即頓悟，「所以她現在有男朋友？」

「嗯。」

「你不怕人家議論你？」劉奇茵似笑非笑，「橫刀奪愛才是愛？」

「議論也只是一陣子的事情而已，何況以我的工作，也許過幾年有可能外派到香港、上海，到時候一離開這裡，什麼議論也都過去了。」

虞清懷說著，心裡漸漸有了想法。

「那你打算怎麼追？」劉奇茵感覺呼吸都沉重了起來。

她還在想要在那間屋子裡圈出自己的立足之地，虞清懷卻想帶著別的女人遠走高飛？那她算什麼？

「不知道，還沒想好，但至少我會先去見她一面吧，看看她現在是怎麼想的。」虞清懷的語氣肯定了起來。

「哦……」劉奇茵深深吸了一口氣，「我跟你一起去？」

見虞清懷似乎要拒絕，劉奇茵連忙說：「你放心，你去找她的時候我不跟，我就是好奇你老家有什麼好玩的。」

虞清懷沒接話，劉奇茵很明白這種沉默是什麼意思。

所有女人都是最精明的偵探，一旦想得知什麼事情的答案，就沒有得不到的。

劉奇茵不動聲色，開開心心地吃完了這餐飯，路上經過超商時，買了一些酒跟炸物，回到虞清懷的租屋處繼續慶祝。

雖說虞清懷覺得只是換個住處有什麼好一直慶祝的，但畢竟這屋子是劉奇茵找的，兩人之間又有身體上的親密交流，怎麼說他都不好拒絕。

總之，他們喝了點酒，又吃了些東西，酒後縱情，就順理成章滾了床單。

劉奇茵知道虞清懷習慣事後會去沖個澡，於是把握了這段時間，火速在虞清懷的社群頁面找到了那個女人。

虞清懷從來沒對她提過「舒春安」這三個字，劉奇茵卻就是很直覺地找到了舒春安的頁面。也許因爲這是她打開螢幕後第一個看到的畫面。

如果不是，虞清懷又何必特地開啟這個頁面？

她沒時間仔細瀏覽，只是拍下了舒春安的帳號跟頭像，然後關閉螢幕，穿好衣服走到客廳看起電視。

虞清懷走出浴室的時候，一邊擦著頭髮，一邊有些狐疑地瞧著劉奇茵。

「不再睡一會？」他看了眼劉奇茵身上的衣服，「要回去了？」

劉奇茵笑咪咪地點頭，「就等你出來跟你說一聲，我就要回家了。」

虞清懷挑眉，「我以爲妳會住下來。」

「沒帶換洗衣服。」劉奇茵攤手，起身，「反正我家就在這附近，我自己回去就可以了。」

虞清懷頷首，來到門前替劉奇茵開了門，「路上小心。」

劉奇茵在心底冷笑，眞是一點挽留的意思也沒有。

「那我走啦，過幾天再聯絡你。」

劉奇茵走得爽快，頭也不回地離開了。

虞清懷有些摸不著頭腦，依照以往的經驗，劉奇茵通常都會待到隔天才走。正如她所說，她家就在附近，所以也沒必要急著離開吧？

不過虞清懷對劉奇茵沒什麼感情，因此她要走，他也不會留。

返回電腦前，他看起自己的文章，不再把這件事放在心上。

劉奇茵回到自己的租屋處，她家距離虞清懷家步行不到三十分鐘，其實大可以明天早點回來洗澡化妝，可是她想趕緊回家研究舒春安。

洗澡卸妝之後，她找到了舒春安的社群頁面，才往下看沒幾張照片就傻了。

她要是沒看錯，那應該是許景宸。

眞的假的？虞清懷心心念念想追回的女人，新男友竟然是許景宸，這根本是上輩子結下的仇吧？

她有點恍神，其實她已經想不太起來許景宸在她生命裡留下過什麼痕跡了。

就是一個滿不錯的人，但不適合她。

他們看起來很幸福的樣子，不管是舒春安還是許景宸。

劉奇茵有點羨慕舒春安，舒春安身邊有自己喜歡的人，而在她不知道的地方，還有另外一個人喜歡著她，這女人到底爲什麼可以這麼幸運？

自己跟她又有什麼差別？

劉奇茵深深吸了一口氣，耐著性子慢慢往下滑。

舒春安並不常更新社群，有時候大半年才發一張照片，配上幾句只有她自己看得懂的句子，這些資訊對劉奇茵而言分析不出什麼有用的訊息。

大部分的照片都沒有人，只是一些小東西，或是景色。

直到看見舒春安跟虞清懷的合照，她才停下來，仔細端詳著七、八年前的虞清懷。

那時候的他稚氣未脫，不過看起來依然驕傲。旁邊的舒春安笑得燦爛，青春正盛，他們穿著制服站在陽光下，顯得這麼適合彼此。

這是高中畢業時的照片吧？他們胸口都還別著畢業生的紙花。

他們的緣分開始得這麼早，他們經歷了這麼多事，難怪……難怪虞清懷對舒春安念念不忘。

她眞的能贏嗎？

她頭一次產生了不夠自信的想法。

也許是因爲舒春安和虞清懷的感情深厚，也或許是因爲她不得不承認，這幾年下來，她並沒有更靠近虞清懷一點，她很明白虞清懷不過是把她當成一個能上床的朋友。

劉奇茵摀著臉，感覺淚水緩緩地滲出指縫。

她沒什麼好哭的，她也不想哭，這一切都是她自己選的，她沒立場抱怨。

她只是不甘心。

舒春安什麼都沒做，甚至徹底地消失在虞清懷的生命中了，然而虞清懷還是愛她。

那她呢？天天在虞清懷身旁打轉，卻從來不曾走進虞清懷心裡。

她能怎麼辦？她還能怎麼辦？

可是她不想投降，就算要離開，也必須是她自己主動離開，而不是等虞清懷想要進入下一個人生階段了，就把她棄若敝屣。

劉奇茵放下手，拿衛生紙擦了擦臉，深吸了口氣。

她不投降，她就是要把自己能做的一切都做完，才考慮是不是該放棄。

反正現在不只有舒春安的資訊，還有許景宸這條線索，她想找到舒春安住在哪裡簡直易如反掌。

回到從小長大的城市，虞清懷站在後火車站，不禁茫然。

跟舒春安分開的這幾年，其實他回來過，只是從來沒去找過她。

但現在不同，這次他回來，就是專程來找她的，他知道要去哪裡找她。

他先回了一趟老家，放下行李，而後找到了阿拉開的早午餐店。

事實上，他什麼都曉得，只是遲遲沒有踏出那一步。

這個時間點已經準備收店了，幾個人裡裡外外地忙碌著，他遠遠望著，看見了舒春安的新男友。

對方是個高壯的男生，正負責收拾桌椅，而阿拉在結帳，卻沒看見舒春安。

大概是在內場整理吧，他想。

他靜靜地等著。

即使已經十一月了，南部的午後依然很熱。虞清懷找了個陰影處，握著手機等待，他有點緊張，但表面上仍不動聲色。

等了好一會，他看見他們依序走出店門。

舒春安的男友壓後，左右瞧了瞧，確定沒有異狀之後才拉下鐵門，顯得細心且謹慎。

他們的機車停在店門旁，三人站在機車邊，舒春安跟阿拉嘻嘻哈哈地聊著天。虞清懷這時候才走了過去，那個男生正在幫舒春安戴安全帽。

率先看見虞清懷的是許景宸，接著是阿拉，最後才是回頭的舒春安。

虞清懷注視著舒春安，她沒怎麼變，依然是他記憶中的模樣。舒春安的眼眶蓄起了水光，他不確定她在想什麼，可是他能確定，她的淚光是因爲他。

「你怎麼回來了？」阿拉擋在舒春安面前，防備地問。

阿拉從高中就不喜歡他，他不是不知道，甚至他也很敏銳地知道，阿拉不喜歡他跟舒春安有關。

「我找舒春安。」虞清懷開口。

舒春安深吸一口氣，想笑，卻笑不出來。她的喉嚨很緊，彷彿被誰抓住了一樣，所以只能啞著嗓音問：「找我做什麼？」

「我有話跟妳說。」虞清懷的眼神緊緊釘在她身上，「我們聊聊。」

許景宸再怎麼不明所以，也察覺情況不對了，他下意識握住舒春安的肩頭，肩上的溫暖讓舒春安抬頭看了看他。

她的無助跟徬徨，令許景宸的心口瞬間縮了一下。

許景宸握著舒春安的手，「妳想去嗎？」

他雖然這麼問，但心裡是希望舒春安拒絕的。

他不用問兩人之前是什麼關係，單憑現在這個情景，他便能明白。

舒春安只是靜靜看他，「我去一會。」

她鬆開他的手，解開安全帽，這一瞬間，許景宸感覺舒春安就像是要離開他一樣。

他又拉住了舒春安的手腕，然而他不曉得要對她說什麼。難道可以不讓她去嗎？

舒春安想笑一笑安撫他，可是怎麼樣也笑不好看。她很清楚，打從虞清懷出現在她面前的那瞬間，她就整個人都不好了。

她沒辦法欺騙自己。

虞清懷畢竟是她喜歡了那麼那麼久的人，即使兩人分開了好幾年，驀然再見到他時，她依然無法做到無動於衷。

她心裡無數次地想過，有一天，她可能會再遇見虞清懷，但她有了許景宸，已經很幸福了，所以她應該可以平靜地面對他，就像面對一個久未聯繫的老朋友……

可是當這天眞的來臨的時候，她才發覺不是這樣的，再見到他，她還是感受到了撕心裂肺的疼痛。

彷彿這些年她所壓抑的情緒，都在這一刻釋放出來。

她想聽虞清懷打算跟她說些什麼，即便她也不明白自己爲何想聽，聽了又能如何。

「別擔心，我去一會就回來。」她慢慢掙脫了許景宸的手。

許景宸望著她的背影，沒有再追上去，只是低低地說：「我在這裡等妳。」

舒春安沒回頭，她不敢回頭，她明知自己不應該這樣做，卻還是無法拒絕虞清懷。

她從來都無法拒絕虞清懷，他就是她的魔障，一旦看見了他，遇見了他，所有理智都會瞬間消失。

舒春安走向虞清懷，她只剩下這麼一點點自尊，只能夠僞裝冷漠地問：「要聊什麼？」

看著她一步步地朝自己接近，虞清懷心裡的激動幾乎無法掩飾。

「我們去旁邊的大學走一走？」他迫不及待地想帶走舒春安，她還沒來到他面前，他就開口問了。

他手指動了動，想握住舒春安的手，不過終究沒有。

舒春安又回頭望了許景宸一眼，許景宸只是平靜地注視著她。

這一刻，舒春安想起了這些日子許景宸是怎麼呵護她的。

上下班接送，照顧她的日常起居，把她說的話都放在心裡。更別說許景宸爲她搬來了南部，遠離原本的生活圈。

她深知爲了另一個人離鄉背井的壓力有多大，所以她不想辜負他，這段日子許景宸對她多好，她就對他多好。

只是偶爾夜深人靜時，她還是會想起虞清懷，想起他們的過去。

她本來以爲她早已痊癒了，如今才知道，不過是因爲虞清懷沒有出現罷了。

「我……馬上回來。」舒春安對許景宸說。

許景宸點點頭，表示自己聽見了。

他閉了閉眼，只覺得心裡苦澀蔓延。

可能成年人處理感情就只能這樣，表面上雲淡風輕，從容又有氣度，內心傷得多重，只有自己清楚。

阿拉站在一旁冷眼瞧著，一聲冷笑，然後揚聲喊：「舒舒，我們等妳。」

舒春安快要走到虞清懷身邊了，聽見阿拉的聲音又回過頭。

見阿拉跟許景宸站在一起，她立刻明白了阿拉的意思，虞清懷也明白了阿拉的意思。她的意思是，她支持許景宸。

舒春安頷首。

舒春安跟虞清懷來到對面的大學校園，正是上課的時間，校園裡有不少學生。

虞清懷找到一處樹蔭，樹下有桌椅，他拉著舒春安坐下。

舒春安不大習慣他的觸碰，虞清懷的手一鬆開，她就馬上縮回了手。虞清懷沒錯過她的反應，只是朝她笑了笑。

「太久沒見了，是嗎？」

他如此輕描淡寫，反倒讓舒春安覺得自己是不是小題大作了。

她低著頭，心裡隱隱有著對許景宸的罪惡感，可她還是跟著虞清懷來了。

微風拂過腳邊，舒春安這才意識到虞清懷好半晌沒說話。她困惑地抬頭，直接對上了虞清懷的眼睛。

「你……不是有話要對我說？」

「我太久沒見到妳了。」虞清懷沒頭沒腦地答，自嘲地一笑，出了一口長氣。

「妳過得好嗎？」

舒春安點點頭，她也想問虞清懷過得好嗎，然而她開不了口。

或許是分離得太久，就連最簡單的問題都陌生得難以啟齒。

「我很想妳。」虞清懷單刀直入地坦白。

舒春安睜大眼睛，一臉不可置信。

見她這樣，虞清懷有點想笑，又有點心疼。他說這句話讓她這麼難相信嗎？

「我很想妳。」他又說了一次。

「我、我有男、男朋友了。」舒春安嚇得結巴。

「我知道。」虞清懷點點頭，「這些日子，我一直想找妳，可是起初我怕妳拒絕我，後來就再也沒有勇氣了。」

舒春安勾了下嘴角，微微鼻酸，「那現在呢？」

「我當完兵了，也找到了工作，我覺得自己能好好照顧妳了。」虞清懷看著她，「妳能不能……再給我一次機會？」

舒春安淚眼婆娑地看著他。

「我現在，過得很幸福。」她哽咽，「他讓我很有安全感。」

「可是妳愛他嗎？」

舒春安頓了頓，「我愛他。」

「妳騙人。」虞清懷尖銳地堵了回去，「眞是這樣，妳爲什麼哭？」

舒春安咬著牙，不讓自己的哽咽聲溢出。

虞清懷握著她的手，盡量放緩語氣，「可能妳現在還不能決定，但是答應我，妳會好好思考這個提議好嗎？」

舒春安微慍地再次強調，「我現在過得很好。」

這不是謊言，許景宸待她是那樣好，和他在一起的日子裡，她連一滴眼淚都沒掉過。

「我知道，可是我過得不好。」虞清懷坦率地與她對視，「沒有妳，我好不了。」

舒春安聞言，先是呆滯了一會，而後眼淚掉得更凶了。

都止不住。

「爲什麼！爲什麼你現在才跟我說這些！」舒春安十分憤怒，她眞的很氣，氣得淚水

又有什麼意義？

爲什麼要等到她在另一個人懷中痊癒的時候，他才跑來她面前說這些？這時候說這些

「你不必告訴我這些……」舒春安哭個不停，「我不想聽。」

虞清懷將她擁入懷裡，「可是我想說，這些話一直在我的心裡，我本來就該說給妳聽，只是我以前太驕傲自大，沒有珍惜過妳。」

「太遲了……」舒春安想要離開他的懷抱，卻被他強硬地拉住。

「不，不會太遲，妳有重新選擇的權利。」

舒春安用力推開他，「我不能這樣做。」

「沒有什麼能不能的，妳和他又還沒結婚，就算結婚了，也可以離婚。」虞清懷勸哄

似的說，「如果妳害怕，我帶妳走，我可以請調到上海或香港，那裡沒有人認識我們，不

會有人議論妳。」

舒春安睜大眼睛，搖搖頭，「你不要開玩笑了，我不會跟你走的。」

「妳不用現在給我答案，妳從前等了我這麼久，這一次換我等妳了。」虞清懷從包裡

掏出面紙，替舒春安擦掉眼淚，「不哭了，我送妳回去。」

阿拉站在許景宸身旁，和他一起目送舒春安走到虞清懷面前。

「高中的時候，舒舒就喜歡虞清懷了，其實那時候我們都覺得虞清懷也喜歡她，只是他們始終沒有在一起。」阿拉頓了頓，「後來聽說大學的時候，他們還是很親近，那段時間的事情我知道的不多，我只知道後來，舒舒回來了，她剛回來時狀態很差，之後才慢慢恢復。」

許景宸沒說話，卻忽然想起大學那時，舒春安跟他一起打工的短暫時光。

原來當時讓舒春安傷心的人，就是虞清懷。

一直以來都是他。

許景宸想對阿拉說些什麼，讓氣氛不要這麼低迷，可是他滿心煩躁，怎樣都找不到話，最後索性不說了，免得多說多尷尬。

兩人靜靜地等了一會，其實他們沒有離開很久，大約十五、二十分鐘而已，對許景宸而言卻比一個世紀還長。

終於等到舒春安回來，見她眼眶泛紅，許景宸就曉得她哭過了。他沒忍住，連忙大步走到舒春安面前，彎下腰看她，「還好嗎？」

舒春安點點頭，下意識拉住他的衣襬，許景宸自然地握住她的手。

兩人交往了這麼久，有些舉動已經是身體的反射動作。

虞清懷看著，心裡悵然。

在從前那段日子裡，舒春安從來沒有這麼依賴過他，問題是出在他吧，他也從來沒有給過舒春安機會依賴他。

「頭痛嗎？」許景宸無暇顧及虞清懷複雜難辨的目光。

舒春安有個小毛病，一哭就頭痛，就算是看電影感動哭，也會頭痛。

兩人交往一年多，許景宸身上常備止痛藥，就是爲了預防類似的突發狀況。

舒春安點點頭，「一點點。」

許景宸從包包裡拿出止痛藥，「我去店裡倒水給妳，妳進來，等好一點我們再回家。」

舒春安心煩意亂，又依賴許景宸習慣了，他怎麼說，她都乖乖聽著。

直到許景宸拉著她過馬路，她才像是忽然醒過來一樣，回頭望了虞清懷一眼。

她沒有說什麼，虞清懷也沒有阻止她、沒有隨著她過去。

他只是站在馬路那頭。

許景宸重新打開鐵門進入店裡，倒了一杯水給舒春安，讓她吃了藥，阿拉也隨著進屋。三人安靜地坐著，虞清懷站在馬路對面，始終沒離開。

許景宸讓舒春安靠在他身上，一下一下地摸著她的頭。

過了半晌，舒春安感覺好些了，才輕輕地說：「我們回家吧。」

阿拉在一旁想問點什麼，但許景宸都沒開口了，她也不好意思問。

許景宸送舒春安回家休息，看著她進到屋裡，自己默默嘆了一口氣。

他怎麼可能什麼都不想問？可是見到舒春安的表情，他就什麼都問不出口了。

他在舒春安家外面站了一會，稍稍整理了自己的心情，這才準備回家。

才剛跨上機車，手機就響了。

他接了起來。

「喂，你好。」

「許景宸，我是劉奇茵，我現在人在火車站，你出來跟我見一面吧。」劉奇茵劈頭就說。

許景宸傻了三秒。今天是什麼良辰吉日嗎？爲什麼所有人的前任都跑出來了？

「妳知道我不在臺北嗎？」許景宸如今對劉奇茵已經沒有什麼怨氣了。畢竟還要感謝她當年的「分手之恩」，他才能跟舒春安在一起。

「我知道，我還知道你女朋友要被別人搶走了。」劉奇茵從容不迫，「怎麼樣，有沒有興趣跟我聊一聊了？我保證，我們有共同利益。」

許景宸一面擔心著舒春安，一面聽她這麼說還眞有點想笑。這是什麼荒謬的狀況？他跟劉奇茵怎麼會有共同利益？不過她剛剛說的那句話，卻又跟今天所發生的一切符合。

許景宸抬頭望了一眼舒春安的房間窗口，想了一想。

「妳說妳在哪裡？」

「火車站，我在附近找個地方喝咖啡休息，你來找我，我們聊聊。」劉奇茵聲音裡帶著笑，彷彿心情不錯。

許景宸嘆了口氣，「好，妳找到咖啡廳之後，把地址傳給我。」

「知道。等會見。」

許景宸發動機車，往火車站而去。

停好機車，他整理了下頭髮，怎麼說也是見前女友，他不想看起來太過狼狽。

踏進咖啡廳裡，劉奇茵朝他招招手，許景宸走了過去，放下自己的包包，「我去點個喝的。」

這情景就像兩人當年重逢的那天。

劉奇茵托著腮，心想，這次大概不會有人請她吃蛋糕了。

果不其然，許景宸回來的時候，手上只拿著一杯飲料。

「我說，男人就是這麼現實，當年想追我的時候，直接就請我吃蛋糕了，現在分手一年，就只有點自己的飲料，我連個餅乾都沒有。」劉奇茵笑嘻嘻地調侃。

許景宸沒有分手了還跟前任當朋友的習慣，所以面對劉奇茵的調侃，他顯得有些不知所措。

反駁她也不是、同意她也不是，他索性不搭理，喝了一口飲料後，單刀直入地問：「要跟我聊什麼？」

見他這樣，劉奇茵也明白許景宸不想跟她閒聊，於是直接就說：「我喜歡的人想追舒春安。他跟舒春安是青梅竹馬，舒春安離開的這幾年，他還一直喜歡著舒春安，現在他終於覺得時機到了，打算追回舒春安了。」

許景宸沉默了片刻，然後問：「妳喜歡的人，是虞清懷？」

劉奇茵翻了個白眼，「廢話。」

「我怕妳找錯了人。」

「我有那麼蠢嗎？」

許景宸恍然大悟，劉奇茵很明顯是跟著虞清懷來的，甚至，她怕他不信，因此還等到虞清懷出現後才聯絡他。

他的運氣可眞好，虞清懷跟舒春安之間的故事，他可以從多個面向了解。

許景宸自嘲地一笑。只是，他在這個故事裡究竟是什麼樣的角色？

他拿的該不會是男配的劇本吧？

「所以，妳來找我是想跟我合作？」

劉奇茵偏著頭，「怎麼，你不願意啊？」

許景宸不答反問：「我就是好奇，妳怎麼這麼快就能盡釋前嫌？我對妳來說這麼不重要嗎？」

劉奇茵愣了幾秒，她以爲所有人都應該跟她一樣，看準了目標就下手，所以她也認爲許景宸會跟她合作，畢竟他們的利益一致。沒想到，他現在問她的竟然是這麼無關緊要的問題。

好吧，也不能說無關緊要，要合作總是得找能信任的人，對許景宸而言，她確實沒有什麼能讓他相信的。

劉奇茵想了想，「我也不會說什麼好聽話，說什麼因爲我覺得自己欠你一次，所以現在要幫你守護你的女朋友，這種話我說了你也不信。」她聳聳肩，「我找你合作的原因很簡單，因爲我要那個男人，而你只要把你女朋友看好就可以了。」

她停了幾秒，「我向來認爲，沒有第三者破壞得了的感情，如果有，那是因爲你們本來就有問題。所以只要你跟舒春安沒有問題，我的事情我自己解決。」

從某方面而言，許景宸是認同這個說法的。可是……

「這麼大費周章地去討一個人的愛，妳覺得值得嗎？」

他不解，又或者說，如果愛情可以靠算計得來，那還叫愛嗎？在他的世界裡，相愛就應該是兩個人一起爲了這段關係努力，而不是只有單方面的追逐。

說來也好笑，這一點，他還是從劉奇茵身上領略的。

劉奇茵看了看他，「我說你是不是太天眞了？你喜歡的好東西，難道全世界就只有你知道那是好東西？好東西人人都想要，只是有些膽子小的人不敢拿，認爲自己配不上，但要是遇到膽子大的呢？難道你就拱手讓人？」

許景宸只覺她這理論有點莫名其妙，又有點道理。

「反正別人怎麼想我不曉得，但我是不想放手的。」劉奇茵托著腮，「我喜歡的，我就要努力到最後一刻，哪怕最後還是失敗了，好歹我已經什麼都試過了。」

許景宸喝了一口飲料，見他這個樣子，劉奇茵又繼續說：「當初我們分手的時候，你就是走得太快了。可能你會認爲，自己的女朋友跟別的男人同住一房的旅遊，是怎麼樣都不能忍受的，可在我看來，那不過是你把自己的底線看得比對方重要而已。」

劉奇茵聳聳肩，「所以你寧可失去我，也要維持自己的底線。」

許景宸勾了勾嘴角，嘲諷地笑，「照妳這麼說，我應該不管不顧、千方百計地留下妳？」

「爲什麼不？如果你眞的愛我愛到連底線都不顧，你就會這麼做了。」劉奇茵並不是在開玩笑，「我是認眞的，你可以想想，究竟是你的底線和自尊重要，還是你愛的那個人重要。」

「如果你認爲還是自尊和底線重要，那麼失去那個人，也不過就是理所當然。」她頓了頓，「因爲她就是被你擺在相對不重要的位置。」

「歪理。」許景宸嗤之以鼻，「難道爲了愛情就可以什麼都不顧？做人沒有底線？」

「當然也不是全無底線，只是程度問題。」劉奇茵喝了一口咖啡，「就好比，你現在不也是跟前女友單獨喝下午茶嗎？你認爲這樣該死嗎？如果舒春安知道，她會生氣嗎？」

許景宸愣了一瞬，他確實沒想到要告訴舒春安，也不清楚她會不會生氣。

「所以嘛，成人的世界並不是非黑即白，沒有什麼是不能妥協的。」劉奇茵一雙美眸直直盯著他，「那你覺得呢？」

「覺得什麼？」

「跟我合作啊。」劉奇茵不耐煩地翻了個白眼，「我說了這麼多，你都沒聽進去是吧？」

今天發生了太多事情，許景宸現在感覺自己像是被塞滿資料的檔案夾，都還沒消化完就得做決定。

劉奇茵漸漸失去了耐心，「我又不是要你去殺人放火，只是要你好好對待你女朋友而已，然後多點包容心，千萬不要太早放手。」

許景宸苦笑，「這樣眞的有用嗎？」

「不知道。」劉奇茵雙手一攤，「但不試試看怎麼知道？反正我是不會甘心被打敗的，你如果不好好抓著你女朋友，最後的結局就有可能是我跟虞清懷在一起，你女朋友什麼都沒有。」

「妳就這麼有信心？」許景宸不大相信，「妳努力了這麼久，不也沒成功？」

「我只是還沒成功，不表示未來不會成功。再說了，我就算沒有成功跟虞清懷在一起，想破壞他們的感情又有什麼難的？我得不到的，別人也別想要。」劉奇茵笑了下，「我比你強就強在這裡，我敢豁出去，你永遠只想著逃跑。」

許景宸搖搖頭，「妳就是單純爲自己找藉口而已。」

「那你答不答應？」劉奇茵挑眉問。

「我得想想。」

許景宸並未立刻答應，他的腦子裡一團混亂。劉奇茵說的不是完全沒道理，可如果答應了劉奇茵，他又總有一種向她投降的感覺。

雖然他毫不懷疑劉奇茵肯定會貫徹自己所說的話。

「你別想太久啊，我等等就回臺北了。」劉奇茵懶洋洋的，「免得被人發現。」

「妳……」

「我怎樣？」劉奇茵聳聳肩，「我猜得到你要問什麼，我覺得很值得。」

「好吧，妳覺得好就好。」許景宸不能理解，也不想理解，「我走了。」

「後續我再聯絡你啊，記得看我訊息。」劉奇茵不以為意，笑嘻嘻地跟許景宸告別。

舒春安躺在床上，看著天花板發了好一會的呆，才慢慢起身。

她翻出了收藏舊東西的箱子，從裡面找出畢業紀念冊。

一打開畢業紀念冊，好幾張照片就掉了出來，都是她跟虞清懷的合照。

這些是她特別去照相館洗出來的，他們畢業的時候，已經人手一臺智慧型手機了。雖然檔案都可以備份，只是她總感覺數位的畫面不如洗出來的照片踏實。

她不想丟失跟虞清懷的所有回憶，但如果要把每張照片都沖洗出來，零用錢也不夠，所以只挑了幾張對她來說有紀念意義的。

現在拿在手上，都能感覺到當年的記憶撲面而來。

那時候的他們是不是都沒想過，後來會發生這麼多事情？

那些年的追逐跟碰撞，早就磨掉了她所有的不甘心，她並非欲拒還迎，早在離開虞清懷的那一天起，她就沒想過還有繼續下去的可能。

但當那麼驕傲的虞清懷又來到了她面前，並且希望她能回頭……

注視著手中的照片，她陷入了深深的回憶裡，薄薄的幾張相紙忽然沉重得讓她拿不起來。

舒春安把照片夾回畢業紀念冊，帶上鑰匙了出門。她在家裡待不住，突然很想回高中母校看看。

回到老家後，她一直沒有回去母校過，除了沒有什麼回去的必要，最主要還是她不敢回去。她不知道怎麼面對那個跟虞清懷共同擁有這麼多回憶的地方。

可是，現在她覺得自己應該回去一趟。

這時間已經放學了，不過學校的操場上還有不少男學生在運動。

舒春安停好機車，慢慢走進校園。

學校沒怎麼變，頂多是幾處的景觀換了而已，大部分都還是她印象中的樣子，這令她有種物是人非的蒼涼感。

她在學校裡走了一圈，將有關虞清懷的記憶一一拾起。

過了這些日子再回頭看，那些相處的點滴宛如泡泡一樣，那麼易碎又夢幻地飄在腦海裡。她遠遠地望著，想靠近，卻什麼都看不清楚了。

走到高三的教室前，舒春安透過窗子注視著教室裡面。

畢業那天，她還不曉得自己考上了哪間大學，不曉得能不能跟虞清懷在同個城市，她雖然嘴上不提，但心裡很惆悵，所以抓著虞清懷拍了好多張照片。

她原本以為虞清懷會不耐煩，沒想到虞清懷那一整天什麼話都沒說，就這麼陪著她。

那時候的虞清懷喜歡她嗎？

她不確定。

因為他從來不說，所以她只能猜。當年她猜不透虞清懷喜不喜歡她，如今她也想不明白，虞清懷怎麼突然又喜歡她了。

她看了一會，來到走道的另一邊，雙手撐在欄杆上，眼前是染上夕陽餘暉的雲彩。

冬天天黑得早，還不到六點，天色已經微微暗了。

她嘆了一口氣。

「為什麼嘆氣？」

虞清懷的聲音突然出現在身後，嚇得舒春安差點跳起來。

「你、你……」

「我先來的。」虞清懷走到她身旁，背靠著欄杆，與她面對面，「我有點意外會遇見妳，卻又感覺不太意外。」

舒春安張口欲言，卻想不出來該說些什麼，只得沉默。

「妳常頭痛？」虞清懷探問，「我記得妳以前沒有這個毛病。」

「這幾年才有的，哭了之後就會頭痛。」舒春安答。

「有去看醫生嗎？」

舒春安搖搖頭，「控制一下情緒就沒事。」

「難怪妳好像不太一樣了。」虞清懷淡淡地說，「似乎變得比以前內斂許多。」

舒春安側著臉看他，好幾秒之後，才低下頭微笑，「人都是會長大的。」

「那妳的長大是因爲我嗎？」

舒春安傻愣了幾秒，沒有回答。

她難道能夠坦白地說「沒錯，就是因爲你」嗎？

虞清懷忽然抬起手，摸了摸她的頭。

「對不起。」他說，看著舒春安驚訝的表情，苦笑道：「這些年，我一直想跟妳道歉，也一直在想妳。」

舒春安的眼眶又蓄積起淚水。

可能，這些日子以來，她就在等這一聲道歉吧？

虞清懷抬手抹掉她的眼淚，「別哭，我沒有止痛藥。」

舒春安含著淚，笑了下，點點頭。

虞清懷看了看她，嘆了一大口氣，拉起她的手，「跟我回臺北吧？」

當舒春安站在他面前，他才明白自己當年錯得多離譜。他不想再鬆開她的手，他簡直無法想像過去的那兩、三年，他是怎麼度過的，他爲什麼會蠢到趕走一個這麼愛他的人？

舒春安沒有回答，也沒有甩開他的手，只是靜靜地站在那裡，閉上了眼。

這一刻，她有種塵埃落定的感覺。

她緩緩再度睜開眼睛，注視著虞清懷，依然什麼都沒說。

「舒春安，我們從小一起長大的。」虞清懷忽然這麼說。

舒春安淡淡應了一聲，「對，所以呢？」

「妳說謊的表情，我看得出來。」虞清懷說。

舒春安眨眨眼睛，還沒開口，又聽見他說：「妳不打算回到我身邊，是嗎？」

舒春安屏息片刻，而後點點頭。

「爲什麼？」

「許景宸對我很好。」舒春安垂下目光，「我不能在你這裡受傷，在他懷裡療傷，痊癒了就拋棄他，回到你身邊。」

起風了，舒春安的髮尾被風揚起。

虞清懷心裡忍不住急了。

按照舒春安的說法，她之所以與許景宸交往，其中似乎還包含著感激。

「有些人面對愛情，是想看對方可以爲他付出多少，藉此判斷要不要投入。」舒春安笑了下，「可是有些人面對愛情是先付出，只怕自己對對方不夠好。」

舒春安望向遠方，「許景宸就是這樣的人。他爲了我搬來臺南，他記得我的所有喜好，記得爲我準備止痛藥，知道我什麼時候開心、什麼時候難過，他用盡了全力保護我、愛我。」

虞清懷的胸口緊了緊，感覺被刺痛了。他深深吸了口氣，「但是，照妳這麼說，妳對他的感受應該是感謝，而不是愛情。」

他擅自爲舒春安跟許景宸之間的感情下了註解，可能有點卑鄙，但他沒有其他更好的辦法。

他很清楚自己這方面差許景宸太多，不過他也明白自己的優勢是什麼，他跟舒春安共同擁有這麼多年的回憶，這些不是許景宸能輕易取代的。

舒春安被他說得微微一愣，「是嗎？」

「妳剛剛說的都是他對妳有多好，但妳完全沒提到妳也愛他。妳自己沒發現嗎？」虞清懷步步進逼，伸出手將她困在自己跟欄杆之間。

舒春安困惑了。

她對於許景宸的感情眞的只是感激嗎？可是這段日子他們朝夕相處，一起去過許多地方、做了許多事情，那些時光一一湧上心頭。

一想到如果這些都不算是愛情，她頓時不禁想哭。

她待在許景宸身邊時，並沒有一絲一毫勉強，全身上下每個細胞都感到無比幸福。

她的心思逐漸明朗，只是……她看了一眼虞清懷。

「別逼我。」舒春安掙脫他的懷抱，「我自己回家就好，你……別跟來。」

虞清懷握住她的手腕，「我送妳回去，我們已經分離得夠久了。」

舒春安有些爲難，卻又不忍心讓他失望。

「就算是朋友，我也可以送妳回家吧？」虞清懷慢慢地說，「這沒有這麼嚴重，對嗎？」

如果只是這樣，那確實沒什麼，可是……舒春安猶豫半晌，還是一咬牙答應了虞清懷的要求。

她深知這件事並不如虞清懷說的這麼簡單，然而她不想多跟虞清懷爭辯什麼。她想回家，仔仔細細地把一切重新思考過，繼續跟虞清懷待在一起只會干擾她的思緒。

「那我們走吧。」

虞清懷牽起她的手，舒春安想抽走，卻抽不動。

「……你放開我。」

「我不放。」虞清懷面無表情地拒絕，「我一鬆手，妳就跑去別人那裡了。」

舒春安被氣笑了，反問：「那還不是你逼的？」

「對，所以我現在才在這裡，努力把妳追回來。」虞清懷坦然道，「我知道我做錯了。」

「你就沒想過我會拒絕你？」

「想過，所以起初我不敢來找妳，不過後來想明白了。我要是連這點自尊都放不下，妳就真的永遠不會回來了，所以妳說我死纏爛打也好，說我厚臉皮也罷，在妳真正拒絕我之前，我都不會打退堂鼓。」

虞清懷握著她的手，邁開腳步。

他們走下樓梯，虞清懷突然停步，「妳還記得妳當初在樓梯上受傷的事嗎？」

「記得。」

「那時候我嚇壞了，生怕妳留下什麼後遺症。」

「我怎麼沒看出來？」舒春安困惑，「我看你也不像是嚇壞的樣子。」

「我一直都是這樣的人，所有情緒我第一時間只會藏在心裡，有時候連我自己都注意不到。」虞清懷的手緊了緊，「像是我也沒注意到，我有多愛妳。」

舒春安沒接口，又聽見他說：「妳知道爲什麼我一直都叫妳舒春安，不跟大家一樣叫妳舒舒嗎？」

「爲什麼？」

「我希望在妳的生命裡，我是最特別的那個，就算是這種小事。」虞清懷自嘲地彎了彎嘴角，「我就是這麼幼稚。」

舒春安嘆了一口氣。

就算現在得知了這些又怎麼樣？無論他有多愛她，他們終究是過去了。

見她沒有反應，虞清懷一時也摸不準她的想法，於是牽著她繼續往校門口走。

天色暗下之後，校園裡的燈一盞一盞地亮了。

他們在這裡有太多回憶，多得即使舒春安不願意去想，回憶也如潮水般湧來。

「妳的車停在哪裡？」

兩人來到校門口，虞清懷低下頭問。

舒春安恍然回神，指了個方向，接著突然問：「你回來找我，會不會其實並不是愛我，只是難以割捨這些回憶？」

虞清懷深深凝視著她，「如果妳不肯相信我，那不管我怎麼說，妳都不會相信。」他頓了頓，「但我並不介意，妳可以用妳的下半輩子親自驗證，我是怎麼想的。」

夜風很涼，帶著一點熟悉的氣味，他們並肩走著，就像當年他們天天一起晚自習，一起回家。

舒春安沒再說話，她不曉得要說什麼。不管是反駁他，或是同意他，她都有許多話可以說，可是她覺得這些都毫無意義。也許所謂的無話可說，並不是指不知道該說什麼才對，而是無論說什麼話都沒有必要。

他們安靜地上了車，虞清懷載著她，回到她家。

他靠著路邊停好車，熄了火，然後伸手想握住舒春安的手，卻發現舒春安整個人呆住了。

他順著舒春安的目光望去，許景宸就站在不遠處。

見到舒春安跟虞清懷一起騎著車回來時，許景宸的第一個念頭竟是想跟劉奇茵說，這遊戲他玩不了了。

他沒辦法去爭取跟搶奪什麼，因爲心眞的太痛了。

他想轉身離開，卻連邁開腳步也做不到。

許景宸什麼表情都做不出來，更無法故作大方，只是呆呆看著舒春安從機車上下來，摘下安全帽，而虞清懷始終緊緊盯著她。

初冬的寒風從他們之間吹過，吹到了許景宸腳邊，他的腦子空白了片刻。

而後轉身走了。

這次他無法像面對劉奇茵時一樣，上前去逼問舒春安到底是什麼意思，當面問清楚舒春安究竟想要什麼。

原來失戀可以這麼疼，疼得每一次呼吸都宛如有尖銳的小刀在刮著他的氣管，每一步都顯得這麼沉重，重得他必須用盡全身力氣，才能讓自己不至於倒下來。

見許景宸轉身，舒春安慌了。

她知道他這一走，就不會回頭了。

她往前走，手臂卻被虞清懷抓住。

「舒舒。」他的聲音裡帶著乞求，「妳真的要走嗎？」

舒春安抬頭看他，這是他第一次喊她舒舒。

虞清懷也明白，舒春安這一走，就不會再回頭了。

「舒春安，留下來。」

舒春安眨了眨眼，過去那些點滴掠過眼前，穿著高中制服的虞清懷、大學的虞清懷、研究所的虞清懷，她都記得一清二楚。

但她同樣記得在這些時期裡，她曾經受了多少傷、忍下了多少委屈。

她更同樣記得，她跟許景宸之間所擁有的幸福時光。

舒春安低下頭，甩開了虞清懷的手。

她跑得飛快，對比許景宸的沉重，沒幾秒鐘，舒春安就追上了他。

她環抱住他的腰，「你不可以走。」

許景宸被她撲得往前踉蹌了幾步，即使是這種時候，他下意識的反應依舊是轉身抱住舒春安，唯恐她受傷。

接著，他才慢慢地回過神。

「妳……」

舒春安抱緊他的腰，悶聲問：「你不要我了嗎？」

許景宸苦笑，「妳是不是說反了？是妳不要我了吧？」

「我沒有啊。」舒春安的雙手仍緊緊抱著他，「我要的。」

「妳真的想清楚了？」許景宸有些不可置信，「你們這麼多年的感情……」

「當然。」舒春安把臉埋在他的胸口，又說了一次，「我都想清楚了，我要跟你在一起。」

許景宸不明所以，又是驚又是喜，還有些懷疑，「怎麼會？」

「其實我一直都是這樣的人，過去不可追。高中的時候，我跟一個很好的同學鬧翻了，後來她怎麼求和，我都沒理她。」舒春安頓了頓，「今天，我一開始只是有些心慌意亂，還沒想清楚而已，我保證以後不會了。」

許景宸看著她，還沒說話，又聽她半是撒嬌、半是耍賴，抱著他的腰問：「那你不生氣了，好不好？」

他原本就沒生氣，讓她這麼一問也氣不起來，只得點點頭，拿她沒辦法似的抱緊了她。

有些遺憾會偽裝成愛情的模樣，叫人迷惘。

也有些愛情在每一天的朝升日落中，逐漸深入靈魂。

虞清懷站在不遠處，早在舒春安掙脫他的那一刻，他就知道了答案。

但直到舒春安拉著許景宸走回他面前時，他才不得不面對。

看著他們交握的手，虞清懷笑了下，「祝福你們。」

舒春安深深吸了一口氣，「對不起。」

「別，不用道歉。」虞清懷撐著嘴角，不想在這最後一刻投降，「我走了。」

舒春安「嗯」了一聲，又說：「你會找到更好的。」

虞清懷沒有接話，邁開步伐離開了。

他不願意接受這種虛假的安慰，尤其不願意從舒春安口中聽見。

他筆直地往前走，走出巷口，攔了輛計程車。他得回家一趟，明天一早就離開這裡。

他向司機報了地址，而後閉了閉眼，感覺到手機震動了一下，他拿出來瞧了一眼。

劉奇茵：你明天回來嗎？要不要一起吃晚餐？

他想回點什麼，卻還是關閉了螢幕，直接把手機收了起來。

他很清楚，自己會跟劉奇茵成爲這樣的關係，是因爲她有一雙神似舒春安的眼睛。

當年他沒有留下舒春安，今天他也留不住舒春安，那麼，就乾脆讓這個人永遠停留在回憶裡，別繼續出現在生命中。

哪怕劉奇茵只有一雙眼睛神似舒春安，既然他決心放下了，便連這一點點相似也不要了。

即使劉奇茵做得再多、做得再好，終究，她不會是舒春安。

她怎麼做，都沒辦法走進他的心裡。

他望著車窗外向後退去的景色，忽然發現這座城市裡寂寞得連一顆星星都沒有。

全文完

後記　這整個故事都是我的故事

第一次用這種方式寫故事，不知道大家喜不喜歡？

反正我是滿喜歡的，感覺可以把各個角色的心理狀態都交代得很清楚。

不知道這個故事有沒有安慰到一些人，或者有沒有讓一些人失望？年少時的愛情，有時候未必都能有情人終成眷屬。

更多時候是相忘於江湖了。

待到來日，在那一瞬間忽然想起的過去，或許讓人微笑，也或許讓人悵然。但人生終究必須一直往前走，那個曾經使人跌倒的坑就繞過去吧，放過自己也放過別人。

可能過去想要緊抓著的事物，其實都得等到鬆手之後才有轉機。

在寫這本書的時候，編輯曾經問過我，這個故事裡是不是有一點我跟我男朋友的影子。

事實上，這整個故事都是我的故事。

我的生命裡確實有過一個虞清懷，也有一個許景宸。

而我的許景宸的人生裡，也確實有過一個劉奇茵。

只是事情沒有那麼湊巧，我人生中的虞清懷並不認識劉奇茵，他也從來沒有回過頭找我。

我們就是離開了彼此的生命。

不過就像舒舒一樣，我現在也過得很好，我覺得我的虞清懷應該也過得很好。

可能長大要面臨的就是這麼殘酷的事情，必須接受所有的求而不得，終究只會是求而不得。

幸好長大的好處之一是，我們在每一次的求而不得之中，將慢慢地學會、或者明白，有些事物或人終究不適合我們，即便我們可能從來都沒有得到過。

啊，這後記好像寫得太沉重了。

來說一說我去年都在幹麼好了。

在寫這個故事的時候，原本我一度以爲我六月就會完稿der。

可是不知爲什麼，從六月變成了七月、八月、九月……實際完稿的時間，竟然已經十月了（抹臉），而且我去年的計畫，本來是想要寫兩本歡樂向的故事……

結果是跟計畫完全不一樣哈哈哈。

好在去年應該很多人都沒有達成目標，我不寂寞。

其實這兩年我對寫作開始感到有些迷茫，我不太確定我能寫些什麼，也不曉得這麼一直寫下去的意義爲何，而人生最可怕的事，就是當你開始尋找「意義」，立刻從有點迷惘，變成了超級迷惘。

所以我去做了很多有趣的事、上了很多有趣的課，也順利有了新的開展。

但我還是喜歡寫小說。

只是以前寫小說的時候，就是喜歡寫，寫什麼倒也不這麼在乎，現在會慢慢地琢磨。

我想寫一個只有我寫得出來的故事，或是，一個會在你們心裡停留很久的故事。

寫作的這十年，當初一起努力的小伙伴們、現在還在寫的人，所剩無幾。

偶爾想想也滿惆悵的，不過大概人生就是這樣，每一個時間段都會有不同的想要追尋的事。

所以如果你們現在想做點什麼，就去做吧，也許過了這個年紀，你們就不會想做這件事了。

想追什麼人，就去追吧，也許錯過了，就再也沒有機會了。

祝福你們，都能得到自己想要的。

煙波　寫於府城家中十一月二十六號

國家圖書館出版品預行編目資料

我在等你，你在等雨停／煙波著. -- 初版. -- 臺北市；城邦原創股份有限公司出版：英屬蓋曼群島商家庭傳媒股份有限公司城邦分公司發行, 2021.01
面； 公分

ISBN 978-986-99411-6-7（平裝）

863.57　　109019968

我在等你，你在等雨停

作　　者／煙波
企畫選書／楊馥蔓
責任編輯／陳思涵

行銷業務／林政杰
總 編 輯／楊馥蔓
總 經 理／伍文翠
發 行 人／何飛鵬
法律顧問／元禾法律事務所　王子文律師
出　　版／城邦原創股份有限公司
台北市南港區昆陽街16號4樓
電話：(02) 2509-5506　傳眞：(02) 2500-1933
E-mail：service@popo.tw
發　　行／英屬蓋曼群島商家庭傳媒股份有限公司城邦分公司
聯絡地址：台北市南港區昆陽街16號8樓
書虫客服服務專線：(02) 25007718・(02) 25007719
24小時傳眞服務：(02) 25001990・(02) 25001991
服務時間：週一至週五09:30-12:00・13:30-17:00
郵撥帳號：19863813　戶名：書虫股份有限公司
讀者服務信箱 email：service@readingclub.com.tw
城邦讀書花園網址：www.cite.com.tw
香港發行所／城邦（香港）出版集團有限公司
地址：香港九龍土瓜灣土瓜灣道86號順聯工業大廈6樓A室
email：hkcite@biznetvigator.com
電話：(852)25086231　傳眞：(852) 25789337
馬新發行所／城邦（馬新）出版集團 Cité(M)Sdn. Bhd.
41, Jalan Radin Anum, Bandar Baru Sri Petaling,
57000 Kuala Lumpur, Malaysia.
電話：(603) 90563833　傳眞：(603) 90576622
email:services@cite.my

封面設計／Gincy
印　　刷／漾格科技股份有限公司
電腦排版／陳瑜安
經 銷 商／聯合發行股份有限公司
客服專線：(02)2917-8022　傳眞：(02)2911-0053

■ 2021 年 1 月初版　　Printed in Taiwan
■ 2024 年 4 月初版 4.2 刷

定價／280元

ISBN　978-986-99411-6-7